SEASONS OF YOU

외전 3

시절연애

외전

3

마세리 장편소설

엘릭시르

차례

제1장

운우지몽

장장 일주일 만의 귀국이었다. 중동 국부펀드와 공사비 증액 협상이 끝나자마자 한국에 들어왔다. 일정을 하루를 앞당길 정도로 서두른 건, 오늘이 리황 아트센터 전시의 마지막 날이기 때문이다. 나희가 총괄한 첫 전시였다.

"안녕하십니까, 전무님."

데스크에서 내 얼굴을 아는 건 당연했다. 여태껏 나희가 기획하고 참여한 전시는 빠짐없이 관람했으니까. 너무 바쁠 땐 점심시간에 식사를 제쳐두고 발자국만이라도 찍고 갔다. 일어선 안내원에게 고개만 까닥하고, 곧장 용건을 말했다.

"이나희씨는요?"

"선생님 지금 2층 전시관에 계시는데요, 도슨트 들어가셔서……"

"직접?"

"네, 원래 담당하시는 선생님이 감기몸살로 오후 반차 쓰셨거든요. 4시라 지금 막 시작하셨는데, 전무님 오셨다고 바로 전하겠습니다."

"아닙니다."

나희는 관람객을 응대할 직급이 아니었다. 그런데도 나선 걸 보면 이 전시에 얼마나 애정이 깊은지 알 수 있다.

"방해할 거 없죠. 마지막 날인데."

"그럼 기다리시는 동안 커피나 차는 어떤 걸로 준비해드릴까요?"

"괜찮습니다. 리플릿 주세요. 전시 구경이나 하게."

김이 샜다. 어쩔 수 없지. 우리 마님께서 일이 그렇게 좋으시다는데.

오랜만에 가슴이 두근거렸다. 이나희 볼 생각에 급하게 계단을 뛰어올라갔다. 집엔 애들이 없다. 장모님이 처남 부부와 함께 미국에 데려갔다. 까탈스러운 쌍둥이 공주 이나, 유나도 뉴욕 간다고 노래를 부르면서 쫓아갔다. 자연사 박물관에 이틀 연속 갔다는 현우도 목소리가 아주 신나 있었다. 안 그래도 공룡에 미쳐 있는 애가 집채만한 화석에 둘러싸였으니 오죽할까.

집에 완전히 우리 둘만 남았다. 그 사실에 리플릿을 쥔 손가락이 건반을 두드리듯 움직였다.

나만 설레냐고, 이나희. 깜짝 놀래주려고 오늘 한국 온단 말도 안 했다. 마지막 연락은 어젯밤이었다. 시차 때문에 아침에야 메시지를 확인했다.

—[♥여보♥] 동네 빵집 새로 뚫음+_+!! 오전 9:44

—[♥여보♥] 티라미수 진짜 최고야ㅠ 오전 9:44

—[♥여보♥] 자기야 기대해 오전 9:45

제일 마지막으로 받은 메시지 '자기야 기대해'만 보고 진짜 기대했다. 그리고 메시지 전체를 확인하곤 어이가 없어서 팍 식었다. 진짜 멋도 없다, 이나희. 일주일 만에 귀국하는 남편이 빵집이나 기대해야겠냐? 다시 생각해도 황당해서 웃음만 나왔다. 하여튼 결혼 전이나 후나 애정 표현에는 인색한 여자다. 그런 이나희한테 매번 나만 설레지, 나만.

리황 특별전

〈나비의 꿈: 날개에 깃든 마음〉

리플릿을 확인하면서 나는 작품이 모여 있는 전시관 입구로 향했다. 2층 상설관은 설치 미술로 유명한 작가의 개인전이 열렸던 대형 전시관이었다. 관람객의 가장 뒷줄에 서자 물 흐르듯 부드러운 목소리가 조용한 실내에 울렸다.

"예로부터 '나비'는 장수를 상징합니다. 지금처럼 도시화가 되기 이전에는 우리의 일상에서 가장 쉽게 만날 수 있는 벌레 중 하나였는데요."

이나희는 우뚝 솟은 나를 단번에 알아봤다. 눈맞춤은 아주 짧았다. 반가움을 금세 갈무리한 여자가 능숙하게 다시 전체로 시선을 돌렸다.

"벌레라고 칭하기에는 날개가 너무 아름답지요. 그래서 우리의 선인들도 시와 그림에서 나비를 주 객체로 표현하곤 했는데요. 이번 전시에서는 고려시대 불화부터 한국의 파브르라 불리는 석주명의 나비까지 관람하실 수 있습니다."

고화에 문외한인 일반인 대상 해설이었다. 유창하고 정확

하게, 또 천천히 쉽게 설명하는 이나희는 우아하고 전문가다웠다. 내가 자주 볼 수 없는 모습이라 그런지 솔직히 많이 꼴렸다.

"모든 작품은 사진 촬영이 불가하니 눈으로만 담아주시길 부탁드리겠습니다."

더군다나 이나희는 오늘 날씨처럼 밝은 노란색 투피스를 입고 있었다. 깔끔한 포니테일과 잘 어울렸다. 뭔들 안 어울리겠냐마는.

살이 좀 빠졌나? 원체 볼륨 있는 몸매가 투피스를 입어서 그런지 정말 콜라병처럼 보였다.

아니, 애엄마가 왜 저렇게 예뻐. 나만 그런 생각을 하는 게 아니다. 가녀린 손이 전시관을 가리키는데, 다들 보라는 건 안 보고 이나희만 쳐다본다. 게다가 유난히 젊은 남자가 많았다. 평일인데 회사나 처갈 것이지 미술관에는 오고 난리야.

"그럼, 지금부터 저와 함께 옛 그림 속 우리 일상의 아름다운 날개를 관람하시겠습니다."

불만스러워진 나는 팔짱을 끼고 관람객 무리 뒤를 쫓았다.

역시 내 예상은 틀리지 않았다. 달린 놈들이 나비 그림에 궁금한 게 뭐 그리 많아. 저놈들이 학교 수업에서 한번이라도 질문해봤으면 내 손에 장을 지진다. 하여튼 예쁜 여자만 보면 말 걸고 싶어서 아주 발정이 났다. 결국 운영 시간을 핑계로 해산하는데, 마지막까지 남아 있던 놈이 슬그머니 이나희에게 달라붙었다.

"이번 전시 잘 봤습니다. 특히 남계우의 〈화접도〉 설명이 인상적이었는데요."

진짜 가만히 있으려고 했다. 저 새끼가 뻔한 개수작을 부리기 전까지는.

"이상한 사람은 아니고요. 실례지만 제 명함 하나 드리고 가도 될까요?"

"실례인 줄 알면 하지 맙시다."

둘이 동시에 날 돌아봤다. 아내 직장에서까지 깽판 치고 싶지 않아서 짜증이 치미는 걸 꾹 눌렀다.

"안 보입니까? 결혼반지."

'다이아가 저렇게 큰데 혹시 눈깔에 문제 있어요? 대가리에 구멍 두 개만 파드릴까?'라고 쏘아붙이려다 참았다. 그래도 내가 남편인 걸 알았는지 금방 "죄송합니다" 하고는 도망갔다. 기분 잡쳤다. 나도 이제 이런 상황이 정말 지겹지만, 어쩌겠나. 죄라면 너무 예쁜 여자랑 결혼한 내 잘못이지. 이나희가 얼른 날 데리고 대형 스크린 뒤의 학예실로 끌고 갔다.

"자기야. 여보, 오래 기다렸지. 현진아."

담배 한 대 빨고 싶다.

"나는 자기가 오늘 한국 온 줄 모르고…… 예정대로 내일 들어올 줄 알았지. 빨리 들어온다고 얘기를 해주면 좋잖아, 그런 건."

"별로 안 기뻐 보인다?"

"아냐! 좋지, 완전 좋지!"

나희가 허둥지둥 손을 내저었다. 당황스러운 눈치였다. 저건 날 기다리게 해서 미안해하는 게 아니다. 뭔가 있다.

"우리 선생님 한 분이 곧 결혼하시거든. 새로 오신 분 환영회도 미뤄뒀는데, 오늘이 우리 전시 마지막 날이기도 하고……"

회식을 가야 한단다. 긴 변명 끝에 나온 말이 그랬다.

"나는 자기가 내일 입국하는 줄 알고……"

"알았어. 다녀와."

"정말?"

귀가 쫑긋 선 것 같다. 눈도 반짝거린다. 간만에 애들도 집에 없겠다, 나가서 놀 생각에 너도 신났다 이거지. 괘씸한데 한편으로 귀여워 보이는 나도 참 큰일이지.

"술도 좀 마실 것 같은데……"

"드세요. 누가 못 마시게 하냐?"

마셔봤자 맥주 한잔일 텐데 뭐. 평소 그랬기에 안일하게 생각했다.

"내 눈치는 왜 봐. 언제부터 그랬다고."

"자기 출장 갔다 왔는데 미안하잖아. 우리 일주일 만에 보는 건데."

"됐네요. 결재 볼 거 갖고 왔으니까 난 신경쓰지 말고 놀다 와."

실망스럽지만 언질 없이 온 내 탓이었다. 이나희가 기획한 전시는 이번에도 출석 도장을 찍었다. 목적은 달성했으니 그걸로 만족해야지.

"놀다 오세요, 이나희 선생님. 독수공방하는 남편은 걱정하지 마시고요."

"독수공방은 무슨 독수공방이야. 일찍 들어갈 건데."

미안해하는 얼굴이 안쓰러워서 괜히 볼을 꼬집었다. 그새 살은 빠져가지고.

"황 팀장님이 전부터 YB끼리 한잔하자고 하셨는데, 계속 거절한 게 신경쓰여서 그래."

"황 팀장……?"

"응. 황윤지 팀장님이 회식 장소 다 예약해놨다고 아무도 빠지지 말라고 신신당부하셨거든. 네 당숙이니까 잘 지내라고 관장님이 따로 말씀하시기도 했고, 우리 YB 회식 기대된다고 이번주 월요일부터……"

"황, 황윤지?"

목소리가 저절로 커졌다. 황윤지는 할머니의 남동생이자 LK그룹 황희건 회장의 막내 손녀였다. 어릴 때부터 독고다이 미친년으로 집안에서 유명했다. 대학도 중퇴하고, 호빠 선수와 급속 결혼으로 어그로를 끌었다가 세 달 만에 이혼한 일로 LK그룹에선 거의 내쳐졌다. 당시 내가 SNS를 개설했던 시점이었는데, 갑자기 팔로우 신청이 오길래 안 받았다. 애초에 친하지도 않은데다 SNS 프로필이 치명적으로 비호감이었다. 핑크색 슈퍼카 위에서 비키니 차림으로 브이를 하고선 자기소개엔 '날라리 유부녀'라고 올려놨다. 이혼하고선 '자유 돌싱'으로 바뀌었던가. 권진에 약쟁이 관종 권은서가 있다면, LK에는 호빠 여왕 황윤지가 있다는 말이 돌 정도였다.

"근데 그 여자가 회식을 주도한다고?"

이런 젠장.

다행히 회식 장소는 호스트바 같은 불건전한 업소는 아니었다. 이태원의 칵테일 바라고 했다. 그래, 황윤지도 정신머리가 박혔으면 조용히 지내야지. 한국에서 둘째가라면 서러운 미술관에 관장님 낙하산으로 꽂혀서 고졸에 팀장이란 직책까지 달았는데.

"적당히 알아서 마셔. 자정 전에만 연락하고, 응?"

"당연하지. 10시 전에 들어갈 거야."

"나오기 전에 전화해."

별로 멀지도 않으니까. 1시간 30분 거리야 뭐, 당연히 내가 데리러 가지. 그렇게 나희를 보내놓고도 나는 신경이 곤

두셨다. 고개를 젖히고 좌석 시트에 뒤통수를 댔다. 내부 흔들림이 거의 없는 차종인데도 머리에 지진이 난 기분이었다.

"김 대리."

"네, 전무님."

"술 좋아한다고 했던가."

김 대리가 룸미러로 내 안색을 살폈다. 장시간 비행으로 오후에 도착해서 기사를 데려왔는데 잘한 일이었다. 수행원을 대신해서 온 김 대리가 마침 이십대였다. 한창 술 좋아하고 주말만 기다렸다 놀러 다닐 나이.

"저 전무님 차 운전대 잡고부턴 안 마셨습니다. 친구들이 부르면 그냥 자리만 가끔 갔습니다."

"이태원에 '더 베이'라는 칵테일 바 알아요? 유명하다던데."

나희가 보내준 리황 아트센터의 YB 회식 장소였다. 장소 후기도 잔뜩 올라와 있고, 사진으로 보기에는 평범했다. 눈으로 훑다가 그냥 한번 던져본 건데, 예상치 못한 답이 돌아왔다.

"'더 베이'요? 예, 압니다. 가본 적은 없는데 들어보긴 했습니다. 워낙 유명한 곳이니까요."

"그래요?"

서울 시내, 그 많고 많은 술집 중에 이름만 들어도 알 정도면 대체 어느 수준인 거야.

"음란 퇴폐 업소는 아니죠?"

"그런 데는 아닙니다. 대형 라운지 바인데요, 인테리어가 예뻐서 아름다운 여성분들이 많이들 간다고 들었습니다."

잠시 말을 멈춘 김 대리가 내 눈치를 보더니 슬그머니 덧붙였다.

"헌팅이 되게 잘된다고 하더라고요."

뭐? 뭔팅? 눈이 번떡 떠졌다. 기댔던 상체를 일으키자 김 대리가 본격적으로 설명했다.

"고급형 헌팅포차라고 들었습니다. 클래식 나오는 나이트클럽이라고 생각하시면 될 것 같습니다. 여자들은 거의 이십대고요. 남자는 삼십대, 사십대도 부담 없이 갈 수 있는 분위기라고 합니다. 양주나 와인 보틀 가격대가 살짝 있어서…… 차 돌릴까요?"

어이가 없네. 한번 물어본 걸 갖고 무슨.

"김 대리."

"예."

"나 유부남이에요. 애가 셋입니다."

내가 중동 돌고 오자마자 헌팅포차 가고 싶겠냐? 저 인간은 눈치가 없어. 답답해서 더 짜증이 났다.

"집으로 갑니다."

"죄송합니다. 자택으로 모시겠습니다."

도착 시간은 30분 이내였다. 회식이고 뭐고 나랑 놀자 할 수도 없고. 심란한 머릿속에 나희 목소리가 돌아다녔다.

"조선 후기 화가들은 객체를 직접 관찰하는 방식으로 그림을 공부했습니다. 그래서 사군자로 비유되는 매란국죽이 주로 주인공으로 등장합니다. 호접도는 주로……"

나도 여자랑 술 안 마셔, 이나희. 그러니까 너도 남자랑 술 마시지 마.

차창으로 심란한 얼굴이 비쳤다. 나는 한숨과 함께 눈을 감았다.

팔랑팔랑. 나비가 날아다녔다. 전시에서 본 두 폭 족자, 그 중에서도 유난히 화려한 날개를 가진 나비가 떠올랐다.

"해가 중천인데 지금 기상하기는. 넌 날 뭐로 보느냐? 진즉 일어나서 서책을 읽고 있었지."

별로 믿지 않는 얼굴이었다. 이나희는 차마 밖으로 못 꺼낼 말을 새초롬한 시선에 다 담았다. 내 입꼬리가 저절로 올라갔다. 저애의 방자한 눈빛조차 감지덕지해서 몸 둘 바를 모르는 모양이다.

"네 생각도 했다."

"예?"

"밤에도, 낮에도. 아침저녁으로 네 생각을 해. 사실 나는 네 생각만 한다."

"도련님! 그런 말씀 마셔요."

놀라서 눈이 확 커진 그애가 나를 나무랐다.

"사실인 걸 어찌해."

"제발요. 누가 듣습니다."

"들을 테면 들으라지. 누가 무섭대냐?"

그러곤 좋아 죽겠다고 실실대는데, 진짜 미친놈인 줄 알았다. 혼전에 나도 이랬던가? 이 정도로 막무가내는 아니었던 것 같은데…… 제삼의 눈으로도 나 혼자 애달아하는 게 뻔히 보였다.

"고운 얼굴 좀 보자, 응?"

"사흘 전에도 보셨잖아요……"

"그게 언제인지 까마득하구나. 네가 눈앞에 없으면 도통 해가 지지 않고, 달도 뜨지 않아. 일각이 억겁 같으니 나도 죽을 맛이다."

이나희는 한숨만 푹푹 쉬어댔다. 나는 받아줄 생각도 없는 여자에게 몸을 들이밀면서 가열한 수작질을 부렸다.

"봐라. 네가 예뻐하는 얼굴 다 상했다."

내가 그럴 때마다 그애는 이리저리 눈을 피했다. 곤란하단 티를 팍팍 내면서. 저럴수록 사내 마음이 달아오른다는 걸 모르는 게 분명했다.

"조식은요."

"걸렀다. 이제 네가 차려준 밥상 아니면 수저도 들기 싫어."

"큰일을 하실 분이 자꾸 이렇게 끼니를 거르시면 어찌합니까? 다들 큰 도련님을 걱정하십니다."

"하하, 농이 재밌구나. 이 대궐 같은 집에 내가 굶는다고 신경쓰는 사람이 누가 있어."

자조하면서 웃는 게 또라이 같으면서도 짠했다. 그래, 이나희가 날 신경쓰는 게 좋겠지. 좋아 죽겠지. 난 이해한다.

'나'의 언행을 따라갈 수가 없으면서도, 한편으론 알겠다. '나'를 몰라도 이나희를 얼마나 좋아하는지, 그 마음은 알지.

"나희, 너밖에 없지 않니. 내 걱정할 사람."

"……그런 말씀 마셔요. 어르신도, 작은 마님도 계신데 제까짓 게 뭐라고요."

"우리 여기서 이러지 말고 들어가자, 응? 네 얼굴을 보니 이제야 허기가 지는구나. 밥상 내와라. 얼른."

나는 이나희를 살살 꼬셔서 문으로 들여보냈다. 내 방이 있는 곳은 으리으리한 본채에서 떨어진 별당채였다.

"이리 줘. 내가 들어주마."

아까부터 저애가 안고 있던 소반이 거슬렸다. 뺏다시피 하자 이나희가 대경실색하곤 멈춰 섰다.

"종년의 짐을 어찌 도련님이 드십니까?"

"나뭇가지 같은 팔이 떨어질까 걱정되어 그런다. 안 그래도 가녀린 몸인데 그 손으로 무얼 들어."

"어서 이리 주시어요."

"들어가기나 하자, 응?"

나는 실실 웃으면서 이나희를 대청으로 밀어넣었다. 말로는 밥상 차리라고 해놓고 내가 상을 펴서 그애가 소반에 내

온 음식을 알아서 정리했다. 하는 꼴이 여간 능숙한 게 아니었다.

"어서 앉아라."

"……"

"어허. 내가 종년을 올려다봐야겠어?"

하는 수 없이 그애가 신을 벗지 않고 마루에 걸터앉는데, 겸상이 난감하다는 기색을 감추지 않았다. 그저 나만 좋아서 난리였다.

"너도 먹어라. 나 혼자 무슨 재미로 수저를 들어."

"도련님. 자꾸 이러시면 안 돼요."

"둘뿐인데 무슨 도련님이야."

아니, 잠깐…… 내가 대체 몇 살인 거지? 말투에 애교 섞인 칭얼거림이 익숙하게 배어 있었다. 이나희가 놀라지도 않는 걸 보니 저애한테만 이러는 게 분명했다.

"옛날처럼 현진아, 하고 불러라."

"……"

"어서 불러보래도."

이나희는 긴 한숨으로 대답을 대신했다. 젓가락을 쥐고 묵묵히 내 하얀 쌀밥 위에 반찬만 집어 날랐다. 죄 고기반찬인

걸 보니 예상대로 부잣집 같았다.

"우리 어릴 때가 생각나는구나. 그땐 네가 참 다정하고 살가웠는데⋯⋯ 한 살이라도 더 먹었다고 늘 나를 챙겨주었지."

"밥이나 드십시오. 배고프실 것 아닙니까."

"나희야. 내 이름 좀 불러봐라, 응?"

"작은 마님 심부름으로 왔습니다. 얼른 설거짓거리 갖고 돌아가야 해요. 찬방에 제 어머니 혼자 계십니다."

"현진아, 그리 불러. 그럼 먹을게."

"⋯⋯"

"왜 그런 눈을 하느냐. 여긴 우리뿐인데. 어린 시절 추억놀이 좀 한다고 누가 흉을 보겠어."

"그래도 안 됩니다. 귀천상하에 마땅히 지켜야 할 법도가 있는데, 듣는 이가 없고 보는 눈이 없다 하여 예禮를 따르지 아니하면 금수와 다를 바가 무엇입니까?"

찬물을 확 끼얹듯 공기가 가라앉았다. 온도가 다른 눈빛이 허공에서 부딪쳤다. 맹렬한 내 기세에도 그애는 물러서지 않았다.

"됐다. 나 안 먹는다."

나는 그대로 수저를 마당에 내던졌다. 요란한 소리에 토끼 눈이 된 이나희가 흠칫했다.

"도련님!"

패악을 부리고도 모자라 나는 밥상을 앞에 두고 누워버렸다. 아주 가관이다. 초딩도 안 할 짓을 저애 앞에서 하고 있다. 얼굴이 화끈한데 '나'는 어찌나 뻔뻔한지 태평하게 팔을 뒤로 괴고는 눈을 감았다.

"조반도 거르시고 어찌 또 식사를 안 하시겠다고요."

"너나 실컷 처먹어라. 나는 입맛이 떨어져 못 먹겠다."

이나희는 내가 내던진 수저를 주워 왔다. 나를 책망하듯 조용히 나무랐다.

"도련님, 자꾸 왜 이러십니까. 세 살배기도 아니고……"

"부모 없이 자라 보고 배운 게 없어 그런다. 왜."

나는 아예 모로 누웠다. 밥상과 이나희를 등지고는 들으라고 빈정거렸다.

"속상해도 참았더니, 나는 뭐 자존심도 없는 천치인 줄 아느냐? 그래, 너 하는 소리가 작은 숙모님 명받고 온 게 분명하구나. 나 속 터져 죽으라고 그러는 게지."

등뒤에서 땅이 꺼질 듯한 한숨소리가 들려왔다.

"어디 만석꾼 종년 아니랄까봐 바른말도 참 잘한다. 그리 똑똑하면 과거는 내가 아니라 네가 가서 보면 되겠구나."

"……"

"지킬 생각도 없는 약조는 대체 왜 하였어? 금수 운운하더니, 네게 도道는 무엇이고 덕德은 무엇이냐. 행동을 보니 인仁과 의義는 어느 나라 말인지 알지도 못하는 것 같은데."

안 보는 척하면서 나는 이나희의 동작을 하나라도 놓칠까 귀를 쫑긋 세우고 지껄였다. 다행히 아직 별당을 나서지는 않은 모양이다.

"얼굴도 며칠 만에 보여주고는. 보자마자 기껏 한다는 소리가……"

"현진아."

순간 심장이 쿵 내려앉았다. 나는 눈 뜬 채로 모든 행동을 멈췄다. 동시에 나비의 날개 같은 부드러운 손길이 내 어깨에 내려앉았다.

"마음이 그리 상했어?"

나를 제 쪽으로 슬그머니 돌려 젖히는 힘은 미약했다. 그러나 그것이 미물의 날갯짓에 이는 바람처럼 연약하여도, 나는 기꺼이 돌아섰으리라.

"내가 매일 오겠다고 약조하고…… 그 약조를 지키지 않아서, 그래서 계속 끼니를 걸렀어?"

기다렸다는 듯 돌아누운 나는 그애와 눈을 마주쳤다. 세상에서 제일 다정한 눈.

아, 이나희다. 나를 걱정하고 나를 알아주는 유일한 저 시선. 나는 그저 눈맞춤 한번에 저애한테 마음이 다 읽혔다. 속절없이 다 보여줘버렸다.

이나희와 시선이 얽힌 순간, 나는 비로소 '나'의 역사를 되찾았다. 나와 저애가 주인공인 이 거짓말 같은 극의 시작부터 지금까지. 우리의 모든 이야기를 알게 되었다. '나'는 진짜 나였다. 이나희도 진짜 이나희였다. 우리는 시공간을 뛰어넘어 지금, 이곳에 있었다.

"내가 언제…… 언제 너한테 손잡고 같이 도망이라도 치자더냐?"

마음의 둑이 터지자 꾹꾹 담아둔 말이 봇물처럼 쏟아졌다.

"얼굴이라도 보여주지. 얼굴만이라도."

저애가 요즘 일부러 날 피해 다니는 걸 모르지 않았다. 그러지 않고서야 이 집이 아무리 임금님 궁궐만치 넓대도 그렇게 찾아다녔는데 내 눈에만 안 보이는 게 말이 안 된다.

"나희, 너 곤란할까봐 괜찮은 척했더니 사람을 이리도 서운하게 해. 안 그래도 가슴이 아려 죽겠는데."

낭창한 좁은 어깨에 이마를 확 들이밀었다. 저 구슬 같은 눈동자에 내 치기를 보여주기는 싫어서. 이미 패악은 다 부렸지만, 그래도 나도 사내인걸.

"승필이가 그러더라. 고을에 너 마음에 둔 놈팡이가 한둘이 아니라고. 그 잡것들 개수작에 네가 넘어가면…… 나희야, 그럼 나는 어찌해?"

"내가 누구한테 넘어간다고 그래."

"너는 친한 오라비도 많잖아. 창진인가 하는 개자식부터."

"현진이. 인사 한번 한 적 없으면서 그리 부르면 못 써."

"지금 내 앞에서 누구 편을 드는데?"

못 참고 그렁그렁한 눈을 치켜떴다. 격랑처럼 일렁이는 질투심이 썩 사나워 보였는지 이나희가 얼른 손을 내저었다.

"아니, 편을 드는 게 아니라."

"그놈은 진작 갓을 쓰고 다니더구나. 나는 아직 약관도 되지 못했는데."

한탄과 동시에 나는 다시 고개를 파묻었다. 이 모자란 짐승을 좀 달래달라고 젖은 뺨을 비비며 애원했다.

"그런데 네 눈에 내가 차기나 하겠어, 응? 나희야."

한심하다. 정말 한심해. 이리도 투기가 심해서야. 이나희한테 못 볼 꼴을 다 보였다. 수치심도 모르고 애걸복걸했다.

"네 눈에 나만 들었으면 좋겠고, 네 입에 나만 올랐으면 좋겠다. 네가 그저 나만 사내인 줄 아는 바보 천치가 되면 좋겠어."

"현진아, 너는 창진 오라버니보다……"

"오라버니라고 하지 마라."

울분이 터져서 또 눈을 치켰다. 피가 섞였어, 동배에서 태어났어?

"오라버니는 무슨 얼어죽을 오라버니냐. 내 너보다 한 해 늦게 태어난 게 이토록 억울할 수 없다."

"아무튼, 현진아. 키는 네가 더 커. 덩치도 이렇게 태산만 해선."

"그래도 네 눈에는 아직 내가 어린애로 보이는 것 아니냐? 그러니 이리 앙탈을 부려야 달래주지."

내 투정에 이나희가 부드럽게 얼렀다.

"그럼 무엇으로 보아줄까. 땅을 팔면 나라님 궁궐도 산다는 권 대감님 댁 큰 도련님으로 보아줄까? 한양에서 의정부

좌의정을 지내는 황가의 외손자로 보아줘?"

"장난치지 말고."

나는 앞마당 바둑이가 하듯 이나희 품속 깊숙이 이마를 갖다붙였다.

"다 알지 않느냐. 내가 무슨 말을 하는지, 너한테 무슨 마음인지……"

머리 위에서 야트막한 웃음이 터졌다. 애교를 부렸더니 기분이 많이 풀린 것 같다. 지금이 기회였다.

"나희야. 나 잊고서…… 다른 사내놈이랑 매화 구경 다녀온 거 아니지? 춥다고 그 손 내어주지 않았지?"

왜 며칠이나 안 보였는데. 너 어디서 누구랑 뭐했는데. 그간 서책에 네 얼굴이 둥둥 떠다녀서 죽는 줄 알았다고. 과거시험이고 나발이고 이 별당 뛰쳐나가 네 이름이나 외치고 싶었단 말이다.

"장 담그는 날이었잖아. 얼마나 일이 많은지 허리 한번 못 폈어. 너는 모르는 것도 아니면서 그래?"

"내가 그걸 어찌 알아."

"다들 장고에 모여 있는 걸 못 봤어?"

"아녀자들이 모여서 장을 담그는지 사람을 담그는지 어찌 아냐고. 절간에서 살다 온 사내가."

툴툴거리는데 이나희가 숨죽이고 웃었다.

"뭐가 웃겨."

"네가 네 입으로 사내라고 하니 웃기지."

"이것 봐라. 툭하면 날 이렇게 애 취급하지 않느냐."

그애의 거친 무명옷에 눈물을 다 닦아낸 나는 슬그머니 고개를 들었다.

"나희야, 나만 기다리겠다고 약조해."

어렸을 때부터 이나희가 예뻐하던 얼굴. 그걸 무기 삼아 눈앞에 들이밀고서 열심히 나를 팔았다.

"석 달만 나를 믿고 기다려라. 내 머리 올려줘야지, 응? 제발."

나희야, 제발, 제발.

"제발 혼인하지 마라."

"그게 뭐…… 말처럼 쉽나."

갑자기 그애가 죄인처럼 고개를 숙였다. 씁쓸하게 웃으면서 중얼거렸다.

"하고 싶다고 하고, 하기 싫다고 안 할 수 있는 일이 뭐가 있어. 내 처지에."

심장이 불안하게 뛰었다. 저 뒤에 나올 말이 무엇인지, 듣지 않아도 벌써 알 것만 같았다.

"현진아."

이나희는 마침내 결심한 듯이 늘 마음에 품고 있던 은장도를 꺼내는 것처럼 단호하게 나를 응시했다.

"우리는 그냥 친구처럼, 때론 누이처럼…… 그렇게 지내자. 넌 외로움이 많아 가족 대하듯 그렇게 나를 아끼는 거야."

"넌 정말 내가 병신인 줄 아느냐?"

"어린 시절 우리가 함께 뛰어놀았던 추억이 그리워서 잠시 헷갈리는 거라고. 너는 착하고 정이 많으니까."

"내 착하고 다정하단 소린 머리털 나고 처음 듣는다."

"더이상 어르신을 화나게 하지 마. 대감님 말씀을 거역하지도 말고. 빨리 혼인하여 자식 보는 게 네 바람이라고 했잖아. 그러니까 너는, 너와 어울리는……"

"아, 됐다. 또 사람 속 뒤집을 거면 그냥 지껄이지 마라. 어차피 너는 바람 불면 마음 바뀌는 갈대인데 약조 그까짓 거 받아낸다고 무슨 소용인가 싶다. 부침개도 아니고 사람이 어찌 돌아서면 그리 말이 바뀌어?"

나는 이나희의 정강이를 잡고 밑으로 쭉 끌어내렸다.

"엄마야!"

비명을 무시하고 내 맘대로 마루에 눕혔다. 그애 무릎을 베고 나도 누웠다.

"내가 바둑이냐. 아무개랑 혼인해서 빨리 자식 갖고 싶게. 그럴 거면 여기저기 씨 뿌리고 얼룩이 덜룩이 다 내 자식 삼으라고 하지 왜."

"……"

"너하고 혼인하고, 너랑 아기 갖고 싶단 말이다. 그걸 못 알아들어? 이 집에 누구든 잡고 물어봐라. 내 눈 뜨고부터 너한테만 이리 미쳐 있는걸. 어찌 너만 모르겠다 하느냐."

내가 입을 다물자 침묵이 내려앉았다. 나는 천장만 올려다봤다. 서까래 밑에 제비집이 생겼다. 종일 책만 파느라 못 본 모양이다. 어미 새가 부지런히 벌레를 물어오면 조용하던 새끼들이 저 달라고 일제히 꽥꽥대며 입을 벌렸다. 좁은 둥지에 새끼만 세 마리였다.

참 보기 좋구나. 단란하기도 하지…… 그리 생각했더랬다. 명치가 저릿했다. 너무 갖고 싶은 걸 보면 그랬다. 네발 달린 짐승도, 하물며 날개 달린 미물도 저렇게 제 핏줄이 있는데……

"……소과에 급제하면 성균관에 들어가기 전에 너와 혼인할 거다. 그때는 조부님도 아무 말씀 못하시겠지. 장사꾼 집안에 삼정승 보는 게 소원이신 분이니."

나는 마루를 짚고 몸을 일으켰다. 까만 머리가 엉망이 된 채로, 놀라 쓰러져 있는 이나희 위에 올라탔다. 그애의 하얀 얼굴을 내 그림자가 전부 뒤덮었다. 헝클어진 머리만큼이나 당황한 표정이었다.

"네가 아무개랑 혼인을 하든, 방앗간에서 떡을 치든……"

내 양팔 사이에 가둬진 작은 얼굴이 점점 달아올랐다. 앳되다고만 생각했던 이나희는 어느새 나만큼이나 사랑에 눈이 먼 여인의 얼굴을 하고 있었다.

"한양 가기 전까진 네게 아무것도 바라지 않으마. 원망도 참을 테니 네 맘대로 하고 살아라."

"……"

"단, 어디 가지 말고 전부 다 내 눈앞에서 해. 내가 하나도 빠짐없이 보아둘 테니까. 그리고 네 뺨에 연지곤지 찍고 가락지 끼워 내 옆에 평생 묶어둘 거다. 나 가슴 졸이게 한 빚 갚으라고, 너 괴롭히고 달달 볶을 거야. 알겠느냐?"

구슬처럼 영롱한 눈동자가 날 담았다.

너는 내가 태어나서 본 것 중에 제일 예쁘다, 나희야. 널 정말 연모해. 어릴 때부터 그랬다. 다 진심이다.

할 수만 있다면 가슴을 갈라 이 심장을 꺼내 보여주고 싶었다. 하나 그럴 수 없었다. 이나희는 종년 자식으로 태어나 종년이 된 게 그저 제 잘못인 줄 알았다. 저 작은 손이 부르텄을 때, 이유도 없이 매질을 당할 때, 너를 가슴에 심어 내 마음이 아픈 게 저가 죄인이라 그런 줄 아는 바보였다. 그러니 이쯤에서 물러서야 했다. 당장은 아무것도 해줄 수 없는 사내로서 욕심만은 참아야 했다. 나는 애써 정염을 삼켰다.

"그때 가선, 누이니 가족이니 개소리해도 지금처럼 안 봐줄 줄 알아라."

"……"

"이제 그만 쳐다봐."

그렇게 달아오른 눈을 하고서. 너도 내가 욕심나서 어찌할 바를 모르겠단 듯이 바라보면, 나더러 대체 어쩌란 거야. 겨우 한 살 더 먹고는 훨씬 어른인 척을 하더니 너도 결국 사람이고, 여인인 것을.

나는 애써 눈을 감았다. 끓어오르는 열기, 입술을 맞추고 싶은 욕망, 두방망이질 치는 충동을 힘겹게 내리눌렀다. 작은 여체 위에 올라서기는 쉬웠는데 그냥 두고 내려가기가 힘들었다. 아무것도 하지 않는 게 저지르기보다 어렵다는 건, 마음을 전부 걸어본 사람만이 안다.

"그래. 잘생긴 거 나도 안다."

일부러 실없는 말을 건넸다. 당겨진 실처럼 긴장된 분위기를 바꾸려는 의도였지만 농담은 아무 효과가 없었다.

이나희는 웃지 않았다. 넋 나간 눈으로 쌕쌕 숨만 쉬어댔다.

더는 안 된다. 저애한테서 몸을 떼야 했다. 물크러진 여체를 가둔 이 손부터 물릴 차례였다. 아쉽게 상체를 일으키려던 바로 그때였다. 가느다란 손이 실처럼 뻗어왔다. 조심스럽게 목을 껴안은 그애가 내 뺨에 제 입술을 눌렀다. 지금 내게 무슨 일이 일어난 거지? 설마…… 이거 꿈인가?

수천, 수만 번을 상상했지만 처음 느껴보는 감촉이었다. 이나희 입술은 도무지 실제 같지 않았다. 부드럽고, 달콤하고, 뜨겁고…… 입술도 꼭 너처럼 다정하구나.

무섭다. 정말 꿈일까봐. 깨어버릴까봐. 눈을 감거나 뜨면 모든 게 사라져버릴까봐. 두려움에 휩싸인 나는 모든 걸 멈췄다. 당황하기는 이나희 또한 마찬가지였다.

"미, 미안……"

저도 모르게 저지른 짓인 듯했다. 뒤늦게 정신을 차리고 물러서려는 걸 내가 급히 낚아챘다. 그리고 나는 사냥감을 쫓는 들개처럼 이나희에게 달려들었다.

상체가 튕겼다. 그 반동으로 눈을 떴다.

"죄송합니다, 전무님. 갑자기 앞차가 급정거하는 바람에……"

가죽 시트, 은은한 향수 냄새. 검게 코팅된 창밖으로 줄지어 선 시뻘건 후미등이 보였다.

아, 꿈이었구나. 고래등 같은 아흔아홉 칸 기와집이 아니라 내 차 안이었다. 깨어난 사실에 안도하면서도 아쉬웠다. 아니, 왜 벌써 깨냐고. 이제 입을 벌렸는데. 딱 키스할 순서에서.

"……"

금요일 저녁이라 그런지 안 그래도 복잡한 강남대로가 꽉 막혀 있었다. 뉴스에선 불꽃놀이를 한다고 난리였다. 그래서 차가 많았구나. 마천루를 보아하니 아직도 강남대로에서 벗어나지 못했다.

얼마나 오래 잤길래 그런 꿈을 꿨나 했더니 겨우 5분가량 지나 있었다. 믿기지 않았다. 꽤 긴 일생을 돌아보고 온 것 같은데……

하, 꿈속의 이나희가 사람을 얼마나 들었다 놨다 하는지. 등짝이 다 흥건했다. 내 눈을 피할 때마다 안달이 나서 죽는 줄 알았다. 꿈이 너무 생생해서 지금이 오히려 현실 같지 않았다. 나는 다시 확인하듯 괜히 입가를 쓸었다. 허망했다. 1분만 더 있다가 깨지. 키스까지는 했으면 좋았을걸.

"도착하면 말해줘요. 잠깐 눈 좀 붙이죠."

"예, 전무님."

차에 몸을 맡기듯 나는 안락함을 찾아 다시 눈을 감았다.

❀

나는 꼬리에 불붙은 망아지처럼 이리저리 마당을 오갔다. 닫힌 중문을 흘긋거리며 마루에 앉았다 일어섰다 난리를 치는데, 마침내 끼이익, 소리와 함께 문이 열렸다. 나는 재빨리 대청에 뛰어들어가 서책을 들었다. 그러곤 얌전히 책만 읽고 있었던 척 도도하게 턱을 치켰다.

"칠연남녀부동석七年男女不同席, 불공식不共食이라. 남녀가 일곱 살이 되면 함께 자리하여서는 안 되고, 같이 밥을 먹게 하여서는 안 된다."

"아유, 우리 도련님 또 공부하고 계셨네."

어깨가 저절로 늘어졌다. 소반을 들고 들어온 건 찬방 어멈이었다. 그애가 아니라. 내 표정을 보지 못했는지 어멈이 신이 나서 육전이며 전복초가 올라간 주안상을 차렸다.

"초시에 떡하니 첫 줄에 이름이 올랐다지요. 장하셔라. 오늘도 공부하셔요?"

"……해야지. 다시 내쫓기기 싫으면."

내가 들어도 매가리 하나 없는 목소리였다. 그래서인지 어멈이 상을 놓다 말고 날 달래기 시작했다.

"아이고, 그런 말씀 마셔요. 어르신께서도 다 도련님 잘되라고 그러셨던 겁니다. 자나 깨나 장손만 찾으시는걸요."

내 그리 가엽나. 어째 저 핏줄들은 죄 나를 똥강아지 다루듯 얼러대지 못해 난리인지 참.

"쯧쯧쯧, 우리 큰 마님은 뭐가 그리 급해 일찍 가셨을꼬.

이 잘난 아드님 초시 급제한 걸 보셨어야 하는데……"

"괜한 소리."

"에구구, 입이 방정이지요. 술맛 떨어지게 제가."

"흠."

소매를 접으며 크게 헛기침을 했다. 술잔을 입에만 댔다가 슬쩍 눈을 굴렸다. 할일을 마친 찬방 어멈은 나를 제 아들 보듯 흐뭇하게 웃었다.

"맛있게 드셔요. 더 자시고 싶은 거 있으시면 언제든 부르시고요."

"됐네. 내 식충이도 아니고 이거면 충분해."

눈치를 보다가 별당을 나서는 어멈의 등에 대고 입을 열었다.

"저기 말이야."

"예, 도련님. 뭔 일 있으셔요? 말씀하셔요."

쉽게 입을 떼지 못하자 어멈이 의아해하며 되물었다.

"그…… 지금 그애는 무얼 하느냐?"

"예? 누구요?"

"나희 그애 말이야."

결국 꺼내고 말았다. 참고 참았던 이름을 입에 올리자 마음이 더 조급해졌다. 설상가상 어멈은 대답할 생각은 하지 않고 뜸만 들였다.

“대체 뭐하는데 그리 바쁜가? 지금 어디 있어?”

나는 헐레벌떡 대청을 내려갔다. 점잖은 척 들고 있던 서책은 내던진 지 오래다.

“어허, 묻는데 왜 대답을 아니하는가. 내 초시에 급제한 걸 나희도 알기는 하는 거지?”

“그럼요. 모를 리 있겠습니까. 그제부터 죄 떠들썩한걸요.”

우리 조부님께서 어찌나 방정인지 사흘 내내 큰 잔치를 벌였다. 지붕이 들썩거릴 정도였다. 경사이긴 하나 승주 형님과 숙모에게 면구스러워 나는 복시 핑계를 대고 칩거했다.

“내가 장원을 한 것도 아느냐?”

“알지요. 이 고을에 그걸 모르는 이가 있겠습니까요.”

“한데 그애는 왜 나한테 와선 축하한단 말 한마디 없느냐. 입이 붙었다더냐? 주인이 경사가 났으면 냉큼 와서 알랑방귀도 끼고, 술상도 내오고. 그래야 콩고물이 떨어질 것 아니냐. 쯧, 그리 주변머리가 없어서 되겠는가.”

기다리다 목이 빠질 것 같았다. 그래서 일부러 주안상을 내오라고 했더니 오라는 그애는 안 오고 어멈이 대신 왔다.

"나희는 저, 잔칫상을 보느라."

"나 초시 준비하는 동안 그애가 내 밥상 챙기기로 한 것 아니었어?"

"과방에 일이 많아서……"

"그럼 나는 굶어 뒈지라는 거냐?"

"예?"

놀란 얼굴을 보고 아차 싶었다. 이러면 안 되지. 장차 장모가 될지 모르는데. 성질을 죽이려고 했는데 나희 기다리느라 인내심이 다 닳았다.

"흠, 밥상은 승필이가 부지런히 갖다 나르긴 했네."

"예, 예. 그럼 쇤네는 이만."

나는 난감해하는 찬방 어멈 뒤꽁무니를 마당 개처럼 쫓아갔다.

"어멈 몸은 좀 어떤가. 괜찮은가? 어깨가 안 좋다고 나희가 걱정이 많던데."

"아유, 무슨요. 고것이 별소릴 다 하고 다니네. 도련님이 신경써주실 만한 일이 아니어요. 면구스럽습니다요."

"어허, 무슨 그런 섭섭한 소릴 하나. 어멈과 나는 식구 아니오?"

“아이고, 도련님! 말씀만으로 감사합지요. 저번에 주신 비녀도 그렇고요.”

누가 들을까 무서운 듯 어멈이 한껏 목소리를 낮추고 속삭였다.

“정말 감사한 것 맞아? 내 그러고 보니 어멈이 하고 다니는 꼴을 못 봤네.”

“쇤네가 그 귀한 옥비녀를 끼고서 뭘 한답니까. 된장 독에 빠질까 무섭구먼요.”

민망해하는 모습이 안쓰러웠다. 나는 쭈글쭈글한 찬방 어멈의 손을 잡았다. 작다. 제 어미 닮아서 나희 손도 이리 작은가보다.

“어릴 때부터 찬방 어멈을 내 어미처럼 생각했네.”

“아유, 무슨 그런 과분한 소릴……”

“내 그 마음은 지금도 다르지 않아.”

“……”

“장모도 어미라지.”

“아이고……”

어멈이 어쩔 줄 몰라 눈을 질끈 감았다. 머리가 아프다는 듯 앓는 소리를 냈다. 나는 주름진 손등을 쓰다듬으며 싱긋 웃었다.

"조금만 기다리게. 내 이 고생을 오래는 안 시키겠네."

"당최 무슨 말씀이신지 쇤네는 잘…… 아차차! 솥단지를 깜빡했네!"

어멈은 후다닥 내 손을 뿌리치고 몸을 돌렸다. 빨리 도망가려는 기색이 역력했다. 어미나 여식이나, 어째 나만 보면 그리 도망질이야. 나는 별당채를 나와서 어멈을 따라 걸었다. 내가 따라붙을수록 어멈의 발걸음이 급해졌다.

"우리 동생은 잘 있는가?"

"예?"

"찬희 말일세. 서당에서 잘 지내는가 말이야. 책쾌가 왔을 때 한번 마주쳤는데."

거간꾼이 자주 오는 동네가 아니었다. 책쾌가 왔다는 소식이 들리면 향교 위에 노상이 벌어지곤 했다.

"혹시 찬희도 과거 준비하는가?"

"아유, 아닙니다요!"

내가 면박을 놓을까 걱정인지 어멈이 화들짝 놀라선 손을 내저었다.

"제까짓 게 무슨요. 과거는 도련님들이나 보는 거지 그놈은 먹물 담을 깜냥도 안 됩니다."

"왜. 눈여겨보던 책들이 딱 그러하던데. 우리 찬희 동생도 양인인데 과거 준비하는 게 어디 잘못됐나? 그러지 말고 열심히 해보라고 어멈이 좀 도와주게. 제 누이 닮아 영특하잖소."

걸음이 점점 느려졌다. 찬방 어멈은 고민이 많은 얼굴이었다. 나희야 제 입으로 종년이라 하지만, 찬희는 머슴살이시키기 싫어 내보낸 것 아닌가.

"훈장이 진사시 준비하라고 바람을 불었다는데…… 서당 개 3년이면 풍월을 따라 한다지 않습니까. 그 수준이겠지요, 뭐. 공부가 어디 쉽겠습니까."

"혹시 도움이 필요하거든 언제든지 내게 말하라 하게. 어멈도 알다시피 내 방에 널린 게 서책이오. 아니, 이럴 게 아니라 내일 우리 찬희 동생 좀 내게 들르라고 하게. 다 본 책이 많으니 가져가라고 해. 먹도 붓도 사내가 쥐기에 좋은 게 많네."

"아유, 아니어요. 제가 괜한 소릴 해가지고선. 우리 도련님 신경쓰이게."

"어멈도 나 애 취급 좀 그만하게. 그러니 나희도 나를 코

흘리개 어린애로 아는 것 아니오?"

"워낙 어릴 때부터 봤으니 그렇지요. 그러지 말라 단단히 혼을 내겠습니다. 요새 매를 안 들었더니 나희 그것이 도련님께 감히."

"무슨 소린가? 혼내지 말게. 매질이라니. 그애가 때릴 데가 어디 있다고 그러나? 어멈은 제발 나희한테 매 좀 들지 말게."

찬방 어멈은 사람이 좋아 보여도 제 새끼들한테는 엄했다. 어릴 때도 나와 어울리던 나희와 찬희 남매가 조금만 장난을 쳐도 득달같이 달려와 먼저 혼을 내곤 했다.

"그래서 나희는 지금 어디 있나?"

찬방 어멈은 난감해하다가 내가 재차 다그치자 하는 수 없이 행방을 알려주었다.

하지만 그애는 안채에도, 행랑에도 없었다. 아무리 집이 넓기로서니 이나희를 찾아다니다가 해가 저물었다. 이게 말이 되나? 어이가 없어 대문을 지키고 섰더니 멀리서 걸어오는 작은 인영이 보였다. 속은 부글부글 끓는데 눈치도 없이 가슴이 방망이질 쳤다. 배꽃처럼 하얀 얼굴이 가까워질수록 손에 땀이 뱄다.

왈왈! 나와 함께 대문을 지키던 마당 개가 먼저 달려나갔다. 반갑다고 제 무릎에 엉겨드는 마당 개를 쓱쓱 긁어주던 그애가 뒤늦게 날 발견했다. 입가에 머물렀던 미소가 순식간에 가시고 벌받으러 오는 죄인처럼 발이 느려졌다.

당연히 아는 척을 하겠거니, 나는 윗사람 체면에 헛기침을 하곤 딴 데만 쳐다봤다. 그러나 나희의 발소리에 덩달아 쿵쿵 커지는 심장소리는 감출 수 없었다.

"넌 주인을 보고 인사도 할 줄 모르느냐?"

나를 모른 척 지나치려 하기에 급히 말을 붙였다. 그제야 멈춰 선 나희가 대충 고개를 조아렸다.

"보름 만에 보는데 그리 시큰둥하게 굴어. 바둑이를 나보다 반겨주더구나."

"……"

"어딜 다녀오는 길이냐?"

"냇가에요."

"냇가에는 네가 왜."

"할일이 있으니 갔지요."

그러곤 더 할말이 없다는 듯 대문 안으로 들어섰다. 얼굴도 보일 생각이 없는 게 괘씸하기 짝이 없었다.

"누가 또 너한테 물 길어오라고 시키더냐?"

"그냥 빨랫감이 많아 보여서요."

"누가. 너 빨래시키면 나한테 치도곤을 맞는다고 못 들었다던?"

"일손이 필요할 것 같아서 제가 따라갔습니다."

말이 끝나기 무섭게 나는 치맛자락을 쥔 손을 덥석 움켜쥐었다.

"이 손을 물에 담갔어?"

가만 보니 작은 손이 벌겋다. 아직 초여름이라도 벽계수가 얼마나 차가운가. 가여워서 내 손으로 꾹 감쌌다. 온기로 데워주려고.

"얼음장이다, 얼음장."

쯧쯧 혀를 차는데, 놀라서 굳어 있던 그애가 뒤늦게 손을 빼려 했다. 물론 그래 봤자였다. 당황한 나희는 나와 실랑이 하면서 급히 주위를 둘러봤다.

"도련님, 이거 놓으셔요. 어서요!"

어쩔 줄 몰라 하는 나희 얼굴을 보자 저절로 입꼬리가 올라갔다. 비틀린 마음처럼 말도 삐딱하게 나갔다.

"이제야 내 얼굴 볼 생각이 들어?"

"도련님, 제발……!"

말소리에 무슨 일인가 하고 문지기가 이쪽을 흘끔거렸다. 나희는 울상을 하곤 날 올려다봤다. 이 손을 놓아달라고 눈으로 애원했다.

그러게 왜 가만있는 사람을 열받게 해. 문지기 눈치를 보느라 달달 떨고 있는 게 안쓰러우면서도 고까워서, 나는 몸을 숙여 입술을 가까이하고 빨갛게 물든 귓가에 대고 속삭였다.

"너 듣기 좋으라고 단소리만 하니까 내가 등신 같지."

"……"

"근데, 나도 성질이 있는 사내인걸."

사람을 왜 이렇게 미치게 해. 내가 저 별당 문이 열리길 얼마나 기다렸는데. 너한테 내가 어째 저 개보다 못해.

"더이상 나를 무뢰한으로 만들지 마라."

냉한 눈으로 쏘아보았다고 금세 겁먹은 얼굴이다. 더 할말이 많았지만 그냥 삼켰다. 날 선 혀끝은 이상하게도 저애 앞에서만 물러진다. 살면서 이만큼 인내하고 전전긍긍했던 적이 없다. 오직 저애한테만 그랬다.

천천히 손을 놓아주고, 뒤로 걸음을 물렸다. 그러자 기다렸다는 듯 꾸벅, 하고 도망가는 꼴이 괘씸했다. 나는 황급히 멀어지는 좁은 등에 대고 명령했다.

"술상 차려와라."

나희가 어깨 너머로 나를 돌아봤다. 주저함이 역력한 눈이었다. 별당으로 와. 너만. 내 말뜻을 모르지 않을 것이었다.

그애를 가만히 내려다보다가 나는 먼저 몸을 돌렸다. 설마 이렇게까지 말했는데 또 딴사람을 시키진 않겠지. 대청이 엉망이니 빨리 깨끗이 치워놓아야겠다. 눈치도 없는 바둑이 녀석은 저도 같이 놀자며 왈왈대면서 날 쫓아왔다.

"저리 가. 가라!"

너는 인마, 네 짝이 있잖아. 나도 짝지랑 놀 거다. 가서 점박이랑 놀라고 몇 번이나 내쫓는 시늉을 하고서야 바둑이가 사라졌다.

마당이며 대청이며 온 마루를 쓸고 닦고 했더니 땀내가 나는 것 같아서 찬물에 몸을 담갔다. 왜 이리 두근거릴까. 머리부터 발끝까지 어찌나 피가 도는지 더워서 미칠 지경이었다. 음흉한 생각을 한 건 절대 아니었다.

다만, 나희에게 줄 것이 있었다. 초시에 급제하면 주려고 미리 가락지를 준비해두었다. 청옥, 비취, 밀화, 산호……

무엇을 좋아할지 몰라서 이것저것 샀다. 아직 복시가 남았으니 혼인하잔 말은 이르다. 아는데도 가락지를 보자 그 작은 손에 끼워주고 싶어서 참을 수가 없었다. 사실은 덜컥 사들인 게 하나둘 늘어나 노리개도 몇 개 있다. 가락지 끼워주고, 그러다 나희 기분이 좋아지면 슬쩍 물어봐야지. 전에 하다 말았던 접문을 다시 해도 되겠느냐고. 어찌나 달콤하던지 서책을 보는데 글이 눈에 안 들어와서 죽는 줄 알았다. 투정도 부려야지.

"낮에 부엌간에 들어가셨다면서요."

목욕재계를 마치고 나오자 나희가 마루에 걸터앉아 있었다. 술상을 봐놓고 기다린 모양이다. 마주보는 자리에 내 술잔을 놓으며 그애가 말했다.

"사내가 부뚜막 드나들면 뭐 떨어진단 소리 못 들어보셨습니까."

"걱정 마라. 쉽게 떨어질 물건이 아니다."

"참 나, 걱정은 누가 걱정을 했다고요."

어이없어 웃는 얼굴이 환했다. 아까처럼 긴장으로 날 선 분위기가 아니었다. 저애는 늘 그랬다. 우리 둘만 있으면 세상 제일 다정하면서 밖에서는 잘 웃어주지도 않는다. 누가 볼까 무서운 것처럼.

"저녁에는 아직 쌀쌀하구나."

실은 더웠다. 되지도 않는 핑계로 나는 슬그머니 옆에 앉았다. 고개를 살짝 숙이면 내 입술이 그애 정수리에 닿을 만큼 가까웠다. 등뒤에서 내가 몸을 붙여오는데도 나희는 딱히 피하지 않았다. 그저 돌아보지 않고 무심으로 일관하며 마당 한구석에 눈을 두었다.

나는 동정 위로 드러난 하얗고 가느다란 목덜미를 응시했다. 거기에 꿀이라도 발린 양 시선이 떨어지지 않았다. 저 피부가 어찌나 부드러운지, 얼마나 좋은 향기가 나는지, 그런 것만 자꾸 생각났다. 결국 참지 못하고 댕기 옆으로 삐져나온 머리카락을 슬쩍 들어올렸다.

"목이 붉다. 바람이 그리 차지는 않은데, 응?"

비스듬히 고개를 틀며 말했다. 내 입술이 귓등에 닿을락 말락 하는 거리였다. 내리깔린 속눈썹을 애타게 바라보는 사이 저절로 몸이 기울었다. 홀린 듯 입술을 벌리고 다가서는데 나희가 갑자기 술잔을 들었다. 나 마시라고 건너편에 놓아둔 잔이었다. 그 맑은 술을 제가 단번에 들이켰다. 그러곤 백자 주전자를 들었다. 또 술을 채워서 한 잔을 더 마셨다.

다시 술 주전자를 집기에 내가 뺏어 들었다.

"내가 한잔 따라주마."

"도련님, 이러지 마셔요."

대번에 돌아서서 하는 소리가 싸늘했다. 전에 없던 결심이 눈에 보였다.

"왜 또 도련님이냐. 둘만 있을 때는 이름을 부르기로 하지 않았어."

"누가 듣습니다."

"듣기는 누가? 술이나 받거라."

나는 술을 따르면서 자연스럽게 나희 쪽으로 몸을 기울였다.

"너 좋아하는 매작과가 없구나. 내 얼굴이라도 안주 삼아 마셔라."

저질스러운 농담에 그애가 눈을 흘겼다.

"천한 계집에게 더는 이러시면 안 됩니다."

그 말에 나도 기분이 상했다. 서로를 노려보다가 결국 내가 먼저 주전자를 내려놓았다.

"또 시작이냐. 너 때문에 성균관 들어가기도 전에 내 속 뒤집어져 죽을 것 같구나."

현진아, 현진아, 부르면서 꽃구경도 다녀왔다. 초시 잘 치르라고 손잡고 같이 탑돌이도 하고. 둘이서만 있을 때는 이름을 부르기로 손가락 걸고 애들처럼 약속했다.

접문도 했다. '나 장가는 다 갔으니 우리 이제 여보, 서방님 해야 한다'고 단단히 일렀다. 불과 달포 전까지 그랬다. 초시 잘 치르고 보자는 그 말을 믿었다. 그랬더니 돌아오는 소리가.

"네가 천한 계집이면, 그럼 나는. 그 천한 계집한테 정신을 못 가누는데, 네 보기엔 정상이냐?"

나희가 땅이 꺼져라 한숨을 내쉬었다. 내 이럴 줄 알았다. 돌아서면 바뀌고, 또 돌아서면 바뀌고. 아무리 여인네들 마음이 변덕스럽다지만 갈대도 저애한테 비하면 오죽이다.

"도련님은 지금 헷갈리고 계셔요."

"그 도련님 소리, 한 번만 더 해."

"무슨 마음으로 이러시는지 저는 압니다."

"어디 계속 지껄여봐."

지척에서 내가 노려보는데도 눈 하나 깜빡하지 않는다. 저 애는 내가 두려운 게 아니다. 누군가 우릴 보고 찬방 어멈과 제 동생을 구박할까봐. 오직 그게 무서워서 날 피하는 거다.

"그 나이의 사내들은 원래 그렇답니다. 여인이 계속 생각나고, 안고 싶고, 몸이 달아오르고 하는 건 어쩔 수 없는 본능이라고요. 상대가 누구든지 간에 그런 마음이 생기는 거랍디다."

"허."

"이 집에는 또래 여인이 저밖에 없고, 또 도련님은 어릴 때부터 저를 보아서, 하필 제게 익숙해서…… 그래서 자꾸만 그러시는 겁니다."

"그러니까 내가 수말처럼 발정이 나서, 그래서 네게 치덕거린다?"

어이가 없어 웃음만 나왔다. 매일 밤 네가 나오는 혼몽을 꾸는 걸 알았어? 아니면 내 침방을 훔쳐보기라도 했나? 물론 그럴 리는 없을 테지. 불쾌했다. 눈썹이 저절로 구겨졌다.

"누가 그딴 말을 하더냐. 듣자 하니 시커먼 사내놈 입에서 나온 개소리다. 그러지 않고서야 사내 몸이 달아오르고 하는 걸 네가 어찌 알아."

"그 정도는 저도 압니다."

"누구냐. 이름을 대. 직접 말하지 않으면 내 넘겨짚을 것이다."

"……"

"뻔하지. 관아의 그 개자식. 네가 오라버니라고 부르는 그 놈 아니냐?"

나희의 눈이 왕방울처럼 커졌다. 어떻게 알았냐는 듯 놀란 그 반응에 속에서 천불이 일었다. 저 말간 얼굴을 앞에 두고 사내가 어쩌고, 망발을 지껄였을 놈을 떠올리자 노기가 들끓었다.

"아녀자를 희롱하고, 날 모욕한 그놈을 절대 가만두지 않을 것이다."

"안 돼, 현진아!"

뛰쳐나가려는 나를 그애가 멈춰 세웠다. 내 허리를 확 끌어안는데, 순간 심장이 발끝까지 떨어졌다가 올라왔다. 귀까지 열이 치솟았다. 분노는 한순간에 사라지고, 온몸이 북이 된 것처럼 둥둥거렸다. 등에서 느껴지는 몰캉하고 부드러운 감촉에 눈앞이 어지러웠다.

"현진아, 그러지 마. 응?"

놀란 나희가 가쁜 숨을 내쉬었다. 흉곽이 치솟았다가, 잦아지고, 치솟았다가…… 그럴 때마다 살덩이가 내 등에 뭉크러지는 느낌이 지나치게 선명했다. 나는 목각인형이 된 것처럼 입술을 떨었다.

"자, 잠, 잠, 잠깐만."

"애꿎은 사람한테 화풀이하지 말고 차라리 나를 혼내. 내가 널 화나게 했잖아."

손을 풀어내려 했지만 나희는 절대 놓지 못한다는 듯 내 허리를 더 꽉 끌어안았다.

염병할, 커다랗기도 하지…… 등에 눌리는 감각으로 그 모양이 뚜렷하게 그려졌다. 내 심장이 너무 두근거려 이러다 갈비뼈를 부수고 튀어나오는 것 아닌가 걱정될 지경이었다. 그만치 속이 울렁거렸다.

"현진아, 내가 미안해. 너 초시 급제했단 소식을 듣고…… 기뻤지만 한편으론 괴로웠어. 너 옆에는 서연 아씨가 어울리고…… 나는 더 멀어지는 것만 같아서."

서연 낭자는 왜 자꾸 갖다붙이는지 모르겠다. 내 등에 눈물을 닦느라 나희가 더욱 강하게 몸을 끌어안았다. 순간 눈앞이 시뻘겠다. 휘몰아친 망상에 머릿속에 불이 난 것처럼 어지러웠다. 저 살덩이가 어떻게 생겼는지, 손으로 움켜쥐면 어떤 감촉일지, 어떤 맛이 날지…… 음란한 생각들이 마구잡이로 떠올랐다. 천지신명께 맹세컨대 내 의지가 아니었다.

간절히 상상을 멈추려고 했으나 그게 되지 않았다. 더는 참을 수가 없었다. 정면만 응시하던 나는 붉게 달아오른 눈으로 나희를 돌아보았다.

"헉, 현진아! 너, 너 코피!"

시야가 빙빙 돌았다. 다리에 힘이 풀린 나는 결국 주저앉듯 대청에 쓰러졌다.

"당장 가서 어르신께 말씀드릴게!"

"됐다……"

온몸이 저릿저릿했다. 의원을 불러오겠다는 나희를 잡아 세우고, 나는 묵묵히 코피를 닦아냈다. 피를 봐서 그런지 나희는 풀이 죽은 채로 내 코와 입술 부근을 꼼꼼히 닦았다. 물에 적신 수건을 들고, 도자기 인형 만지듯 코앞에서 한참 동안 내 얼굴을 들여다보았다.

지금 우리가 얼마나 가까운지도 몰라? 겁 없는 그애 때문에 나는 어쩔 도리 없이 내내 숨을 참아야 했다. 눈도 얌전히 내리깔았다.

"현진아, 어쩌지. 코피가 멈추질 않아."

네 머리카락이 자꾸만 내 이마를 간지럽혀서 그래. 네 손이 날 만지고, 그런 눈빛으로 계속 쳐다보니까.

이대로 고개를 들면 우리 입술이 닿을 텐데. 그걸 전혀 모르는 듯 나희는 내 얼굴에서 시선을 떼지 않았다. 물러설 곳도 없는 나는 벽에 등을 기댄 채로 땅만 쳐다보면서 사서삼경을 외웠다. 코피를 봐서 미안했는지 나희가 갑자기 뜬금없는 소릴 했다.

"그런데, 현진아. 너 말이야……"

내 얼굴을 쓸던 그애가 손을 멈췄다. '왜, 뭐?' 하고 눈만 치켜뜨자 하얗던 뺨이 점점 붉어지는 게 보였다.

"사내애한테서 왜 이리 좋은 향기가 나?"

별 웃기는 소릴 다 한다. 그런데 나희는 정말로 궁금하다는 듯이 물끄러미 내 대답만 기다렸다.

"뭐, 사내는 향기나면 안 되느냐?"

"다른 사내들은 더러운 냄새만 나. 그런데 너는 달라. 다들 그러더라. 큰 도련님이 지나가면 꽃향기가 난다고. 너는 얼굴처럼 꼭 냄새도 곱다고."

"나 말고 언제 다른 사내 냄새를 맡았는데?"

"그냥 옆에만 있어도 나는걸."

가만히 날 주시하던 나희가 갑자기 딴 데로 눈을 돌렸다. 새초롬한 얼굴이었다.

"너도 맡아지잖아. 다른 여인네들 향기."

"모른다, 나는."

"거짓말."

"내가 이깟 걸로 왜 거짓말을 하겠느냐? 정말 몰라."

"코가 있는데 어찌 몰라. 이 잘생긴 코가 냄새를 못 맡는단 말이야?"

"다른 사람들 것은 모르겠다. 네 향은 확실히 맡아지기는 하는데."

"뭐?"

나는 흠칫 물러서는 가는 손목을 잡아챘다. 몸을 뒤로 빼려는 걸, 그마저도 낚아채며 쫓아갔다. 양손을 내게 결박당한 채로 가녀린 상체가 뒤로 넘어갔다.

"나희야. 내게 꽃향기가 난다 하였지."

이번에도 쉽게 위에 올라탄 나는 하얀 목덜미에 개처럼 코를 박았다. 한참 전부터 아른거렸던 그곳에 대고 크게 숨을 들이마셨다.

"기생 꼬시는 한량도 그렇게는 희롱하지 않을 거다."

"희, 희롱이라니. 나는 그냥 현진이 네게 꽃향기가 나서 꽃향기가 난다고…… 흡."

동정에서부터 앞섶까지. 코끝과 입술로 천천히 저고리를 훑으며 밑으로 내려갔다. 내가 길게 숨을 들이켜자 그애의 봉긋한 가슴도 마찬가지로 크게 오르락내리락했다.

"하아, 네겐 무슨 냄새가 나는지 아느냐?"

들판의 풀내 같기도 하고, 때로는 작은 야생화가 연상되기도 했다. 하지만 나희를 볼 때마다 혀에 침이 감돌 만큼 곧장 떠오르는 건……

"젖내."

맡기 전까지는 몰랐다. 내가 이 냄새를 평생 그리워했었다는 걸. 이 향기를 찾으려고 내 모진 삶을 견뎌왔다는 걸. 그게 너의 향기였다.

"네 젖내가 얼마나 사람 환장하게 하는지 모를 거다."

당장 네 품에 코 박고 죽어도 좋아.

"정말 내가 발정나서 네게 이러는 것 같으냐."

"……"

"그러는 넌. 네가 어떤 눈으로 날 쳐다보는지나 알고서 그딴 소리를 하고."

귀까지 벌게진 나희가 도망치듯 휙 고개를 돌리더니 눈을 질끈 감았다. 그러면 나를 피할 수 있는 것처럼.

"이제 와 감추어도 늦었다. 사내가 되어서 그걸 모르겠느냐?"

갸름한 턱을 붙잡아 내게로 돌렸다. 입술을 매만지자 스르르 눈꺼풀이 열렸다. 바람 앞의 촛불처럼 일렁거리는 검은 눈동자가 간신히 나를 담았다. 내게 속절없이 흔들리는 모습이 귀여워 뺨에 입술을 맞췄다.

내 입술에 어느새 나희의 저고리 고름이 물려 있었다. 어쩌다 이렇게 되었지. 나도 모르겠다. 달뜬 저애 숨결과 붉은 뺨, 젖은 입술에 홀린 것만 같았다. 그애의 시선을 단단히 묶은 채로 나는 고개를 젖혔다. 그러자 내 잇새에 물린 고름이 스르르 당겨졌다. 천천히 끈이 풀리는 동안 나도, 그애도 우리는 서로에게서 눈을 떼지 않았다.

툭, 매듭진 고름이 풀리고. 저고리가 벌어졌다.

동시에 낯선 목소리가 들려왔다.

"전무님, 자택 도착했습니다."

나는 천천히 눈을 떴다. 뜨거운 공기는 오간 데 없었다. 김 대리가 어색한 얼굴로 날 쳐다보고 있었다.

"저…… 전무님."

아, 꿈이 갈수록 엿같네. 입가부터 크게 마른세수를 한 나는 머리를 쓸어올렸다. 정신을 차리려고 목뒤를 철썩철썩 내려쳤다. 욕만 나왔다. 어이가 없어 웃음이 터졌다.

원치 않게 금욕을 좀 오래 하기는 했다. 아니, 그래도 그렇지. 내가 나이가 몇인데 이런 개꿈을 꿔. 창피해서 진짜.

고개를 젖혀 천장을 보고 눈을 깜빡였다. 짧은 진동에 핸드폰을 확인하자 아내의 착한 메시지가 와 있었다. YB들과 '더 베이'에 도착했다는 인증샷. 그들 가운데는 호빠 여왕 황윤지도 함께였다. '예쁘고 젊은 여자들끼리 어렵게 모여 놀러 나왔으니, 실컷 마시고 헌팅도 하고 끝내주게 놀다 가자!' 하는 당찬 포부가 황윤지의 눈빛에서 느껴졌다. 옷차림도 그렇고, 사냥을 나온 표범 같았다.

"김 대리, 차 돌립시다."

자조 섞인 실소가 터졌다. 뭐 어쩌겠나. 내가 이런 인간인데. 핸드폰을 다시 주머니에 넣었다.

"이태원 갑시다. 그 라운지 바, 나도 한번 가보려고."

가서 이나희를 봐야겠다. 무슨 욕을 먹든, 일단 쫓아가서 옆에 붙어 있어야겠다.

"예, 그런데 금요일 저녁이라 시간은 좀 걸릴 것 같습니다."

"상관없어요."

이게 무슨 모양 빠지는 짓인가. 나중 언젠가 살짝 후회할 것 같다. 분명 그렇지만…… 지금 너를 못 보면 내가 미칠 것 같아, 나희야.

"차 돌려요."

제2장
동상이몽

초시 장원도 장원으로 치는지는 모르겠지만 나는 복시에도 무난히 급제했다. 방에 붙은 내 이름 석 자를 확인하고, 나는 그애한테 가장 먼저 달려갔다. 더는 나희가 날 찾아오길 기다릴 수 없었다.

"복시를 보러 들어가는데 어느 생원이 내 앞을 막는 게 아니냐. 지금 뭐하는 짓거리냐 했더니, '무과는 오늘이 아니오' 하더라."

나희도 웃겼는지 피식 웃었다. 나를 당연히 무과생으로 알고 가로막은 것이었다.

"애초에 무과를 볼 것이었으면 활을 들고 있었겠지, 먹을

메고 향교로 갔겠느냐?"

"글쎄, 착각할 만한걸. 현진이 네가 오죽 커야 말이지."

해가 지나고 다시 봄이었다. 한발 앞선 나는 나희의 손을 잡고 우리가 탑돌이를 했던 사찰로 향했다. 야트막한 산을 오르는 길에는 개나리와 진달래가 앞다투어 피어 있었다. 멈춰서 날 돌아보는 그애 얼굴이 지천에 피어 있는 어떤 꽃보다 환했다.

"네 눈에도 그러해?"

"응?"

"내가 헌칠한 사내대장부로 보이느냐 말이다."

"무슨 당연한 소릴 해."

나희가 하얀 민들레를 하나 꺾었다. 후우, 바람을 불자 참새 깃털 같은 씨가 날렸다.

"백 명에게 물어봐도 백 명이 그렇다고 할걸. 이 고을에 너와 승주 도련님만치 큰 사내가 또 어디 있다고."

"다른 백 명 의견은 안 궁금해. 네 생각이 궁금한 거지. 나희 네 눈에 내가 대장부로 보이느냐고."

"이리 보챌 때는 안 그래 보여. 됐지?"

내 마음 다 알면서. 내가 무슨 말을 듣고 싶어하는지 뻔히 알면서. 그 선녀 같은 얼굴로, 너는 가끔 정말 못돼먹었어. 미운 소리를 하는데도 밉지 않으니 나도 큰일이지. 눈으로 들꽃을 헤집던 그애가 나를 돌아보곤 한바탕 웃었다.

"아하하, 입술이 어쩜 그리 댓 발 나왔을까, 현진아!"

키득거리는데 또 어찌나 예쁜지…… 속없이 나도 웃어버렸다. 저애가 웃으면 내가 당할 수가 없다. 산들바람에 실린 봄꽃 향기가 가슴까지 밀려들었다.

"조부님께 이미 말씀드렸다."

"응?"

"대과는 안 볼 거야."

나희는 당황한 기색이었다. 당연히 내가 대과를 치를 거라 생각했나보다.

"정말 대과를 안 본다고……? 다들 따놓은 당상이라 하던데 왜?"

"이만하면 되었다."

권씨 집안에 진 빚은 다 갚았다. 조부님도 더는 강요하지 않겠다고 했다. 남들은 피도 눈물도 없는 인간이라 매도할지언정, 조부는 내겐 그냥 평범한 할아버지였다.

"정승이 되어 무엇해. 그런 꿈, 나는 한번도 가진 적 없다."

"그럼…… 현진이 넌 무엇이 되고 싶은데?"

"내 이미 여러 번 이야기하지 않았어."

미간이 저절로 좁혀들었다. 내 말을 대체 어디로 듣는 거야.

"나는 그저, 빨리 아비가 되고 싶구나. 네 지아비가 되어 우리 아이들이나 잘 키우련다."

한심하게 들려도 어쩔 수 없다. 나는 누구처럼 야망도 없고, 입신양명할 욕심도 없다. 땅이고 돈이고 이미 넘치게 많은걸. 더 벌어 무엇하나.

"한양에 올라가지 않아도 된다. 그러니까."

나희는 그저 당황스러운 얼굴이었다. 나는 야트막한 바위에 손수건을 깔고, 그 위에 나희를 앉혔다. 눈높이를 맞추려고 무릎을 꿇었다. 말없이 땅만 내려다보던 그애가 무심코 제 앞에 무릎 꿇은 날 보곤 눈이 커다래졌다.

"나희야, 나와 혼인해줘."

준비했던 가락지를 모두 꺼내놓았다. 모아둔 노리개도, 면경과 비녀도 다 바쳤다. 그걸 본 나희는 놀라 굳어 있다가 기막히다는 듯 웃었다.

"이게 다 뭐야. 현진아, 너 보따리장수 하려고?"

"너 주려고 하나씩 산 게 이리되었다. 다 네 거야."

"이걸 전부?"

"그래. 어서 받아라."

신기한지 하나하나 들여다보던 나희가 픽 웃으며 고개를 저었다.

"이렇게 많은 가락지를 내가 다 가져서 무얼 해."

"가락마다 두 개씩 끼면 되지. 숙모님처럼."

"아니…… 뭐하러 이렇게 많이."

내가 준비한 패물을 보고도 나희는 기뻐하는 기색이 아니었다. 욕심이 나는 얼굴도 아니라서 더욱 애가 탔다. 어째서인지 가락지를 보면서도 씁쓸한 눈빛이었다. 나는 냉큼 입을 열었다.

"내 가진 게 돈 말고 뭐가 있느냐. 응?"

"현진아, 그리 말하지 마. 집도 있고, 땅도 있고, 하인도 있고. 흰쌀 가득한 곳간도 있는데 무슨."

"집은 없다."

"집이 없기는 왜 없어."

"숙모께서 나 죽으라고 고사 지내다가 걸린 거 모르느냐?

한데 거기가 어찌 내 집이야."

승주 형님이 소과에 낙제한 지 벌써 세번째였다. 초시에는 붙었는데 번번이 복시에서 미끄러졌다. 어릴 때부터 총명하단 소문이 자자했던 승주 형님이라, 내 보기엔 숙모의 유난이 문제였다. 시험 전날마다 무당을 불러 도당 할아버지 찾아대며 굿판을 벌여대니 원. 그 요란한 꽹과리 소리에 멀쩡한 정신머리도 떨어져나가게 생겼다. 조부께서 날 집에 불러들여 큰 별당채 내주신 날부터 그 짓이 시작되었다.

"나희야. 혹시 너 떠나고 싶거든 같이 한양으로 가자. 거기서 우리 살 집을 구하자. 행여 네 어미와 찬희가 마음에 걸려 이 고을을 떠나기 싫거든, 여기서 우리 살 집을 찾아보자. 나는 뭐든 좋으니 너 하자는 대로 따르마."

나는 가락지를 나희 손가락에 하나씩 끼워주었다. 우스꽝스럽지만 이래야 내 마음이 놓일 것 같았다. 가락뿐이랴. 저 손모가지, 발모가지, 뭐든 다 채워서 내 옆에 딱 붙여놓고 싶었다.

"가족이 있는 곳이 집이라 했다. 나희 네가 나한테 집을 만들어줘."

"……"

"제발, 나 좀 아비로 만들어주련, 응?"

그러나 그애는 묵묵부답이었다. 일자로 꾹 닫힌 입술은 열릴 기미가 없었다. 울듯 말듯 동그란 눈은 겨우내 나는 바람처럼 쓸쓸했다.

"나희야. 대답해봐라."

나는 바둑이가 밥 달라고 주인 쳐다보듯 애처롭게 눈을 맞추고 졸랐다.

"네가 없으면 살아도 사는 것 같지 않다. 눈앞에 네가 안 보이면 너무 괴로워. 한여름에도 춥고. 이 외로움이 지긋지긋해서 낮에도 밤에도 몸서리가 쳐진다. 난 평생 혼자였지 않느냐."

애정을 줘. 제발, 너를 줘. 아니면 나를 데려가. 구걸에 가까운 고백이었다. 듣다못한 나희가 고개를 떨궜다.

"어릴 때 내가 제일 부러웠던 사람이 누군지 아느냐?"

"승주 도련님……?"

"아니, 찬희."

네 동생 말이다. 작고, 꼬질꼬질한 그 녀석. 건방진 종놈이 날 보고서도 첫눈에 기가 죽지 않았다, 신기하게도.

"그애한테는 네가 있지 않아."

끔찍하게 아끼고 살펴주는 어미도 있고, 누이도 있고. 나는 아무것도 가질 수가 없는데……

"너 있는 찬희가 부러워서 미치겠더라. 그래서 미워했다. 내 참 못났지."

내가 찬희를 내쫓았다. 어릴 때 우리가 하도 싸워대서 찬방 어멈이 제 아들을 서당에 훈장님 양자로 보내버렸다.

"너랑 같이 살면서 다 갚으마. 찬희도 내 동생처럼 여기며 평생 사죄할게. 제발 기회를 줘, 응?"

가녀린 손이 내 눈 밑을 훔쳤다. 뺨을 쓸고, 눈가를 쓸고, 그러고도 내게서 손을 떼기 싫은 것처럼 오랫동안 날 쓰다듬었다. 나는 그 손길이 좋아 바둑이처럼 얼굴을 비벼댔다.

"나희야……"

"진달래가 참 예쁘다. 이제 걸을까?"

혼인해주겠단 대답은 끝내 하지 않았다. 표정은 평온한데도 나는 불안감이 엄습했다. 나희는 그런 나를 이끌고 선녀계곡 근처 꽃밭으로 향했다. 백화만발한 그 안에서도 내 눈에는 나희만 보였다. 사계 중 제일이라는 이 봄 경치에도 저 애가 제일 예뻤다. 제게 넋 놓고 있는 내 옆에 앉아 그애가 말했다.

"현진아, 다시 태어나면 있잖아. 나는 나비가 되고 싶어."

그애는 나비한테서 눈을 떼지 않았다. 꽃잎에 소리 없이 내려앉았다가 큰 날개를 접고 다시 날아가는 뒷모습을 오래도록 바라보았다.

"나비는 부모, 형제 그런 것도 모른다더라. 혼자만 자유롭게 날아다니면서 저 좋아하는 꽃을 찾아 어디든 다닌대. 다시 태어나면 나도 그렇게 살고 싶어. 꽃향기만 쫓아다니면서. 그리 살래."

오래 들여다보니 나희는 나비와 닮은 것도 같았다. 팔랑대는 날갯짓이 예쁘네. 곱기도 하고.

"그래. 너 나비로 태어나면, 그럼 나는 꽃이 되련다. 네가 쫓아다니게."

실없는 농담에 마침내 그애가 날 돌아봤다. 엷게 웃는 눈망울이 왜인지 그렁그렁했다.

"현진아."

부르는 목소리가 어디론가 떠날 사람처럼 쓸쓸했다. 고독이 깃든 눈으로 한참 날 쳐다보다가 그애가 마침내 결단하듯 입을 열었다.

"현진아, 대과를 치르고 와. 너 급제하면 그때 우리 혼인하자."

뭐? 지금 무슨 소리를 들은 거지? 진짜인가?

믿기지 않았다. 또 거절당할 거라고 어렴풋이 예상했었다. 내가 아무리 마음을 표현했어도 저애는 명확한 긍정의 답을 준 적이 한번도 없었다. 특히 우리의 미래에 관해서는 그랬다. 그랬었는데……

"성균관에서 수학하지 않아도 대과를 볼 수 있다던데."

"그걸 네가 어찌 아느냐?"

"그, 그냥 뭐, 다들 하는 얘기가 그러니. 대강 주워들었지. 아무튼지 간에."

그애답지 않게 어쩐지 횡설수설했다.

"너 대과에서 급제하고, 정승 되면 나랑 혼인하자. 약조해."

나는 멍하니 그애를 응시했다. 그러자 말없는 나를 다그치듯 새끼손가락을 척하니 내밀었다.

"약조하지 않을 거야?"

"저, 정말이냐? 그 약속, 이번에는 정말 지킬 것이지?"

"응."

"나희야!"

나는 힘껏 나희를 끌어안았다. 놓으면 날아갈까 무서워 꽃밭으로 넘어져 함께 굴렀다. 온 세상이 다 내 것 같았다. 벌써 대과 급제자가 된 듯 기분이 하늘을 날았다.

하얀 민들레 같은 얼굴에 마구잡이로 입을 맞췄다. 간지럽다며 그애가 이리저리 고개를 돌렸다. 이제 그만 좀 하라고 나희가 비명 같은 웃음을 터뜨린 뒤에야 나는 간신히 그 짓을 멈췄다.

"패물은 나중에 줘. 우리가 혼인할 때."

"이것도 받고, 그때는 다른 걸 또 주마."

"종일 책만 보는 샌님이라고 이리 티를 내는구나. 패물을 나눠 받는 여인네가 어디 있어? 혼인하면서 한번에 받을래."

그런가? 내가 뭐 혼인을 해본 것도 아니고 패물을 찔끔찔끔 받는지 한번에 왕창 받는지 알 턱이 있나. 우리 나희가 그렇다면 그런 거지.

"잘해줄 거다. 나 정말 너한테 잘할 거야."

"지금도 충분해, 현진아. 난 서운했던 적이 없는걸. 오히려…… 오히려 내가 못났지."

말을 하다 말고 고개를 푹 숙였다. 나희는 자책이 잦았다. 그럼 잘해주든가. 예뻐해주든가. 뭐가 그렇게 늘 미안하다고.

"더 잘할 거다. 두고 봐라, 내 너한테 어떻게 하는지."

"……그래. 현진아, 고마워."

태어나 제일 행복한 날이었다. 비록 가락지와 패물은 전부 돌려받았을지언정, 혼인을 허락받았다. 대과에 붙으면 드디어 내게도 가족이 생긴다. 나는 꽃이 만발한 언덕을 신이 나서 날아다녔다. 나희 손을 잡고 실컷 뛰었다.

"현진아, 그만, 그만해! 숨이 차서 힘들단 말이야. 다리도 아파."

"하하, 종일 책만 읽는 샌님보다 약해서 어찌할까."

쌕쌕거리며 날 노려보는 나희가 너무 귀여웠다. 다가가 한 팔로 안아올리자 놀라서 내 목을 끌어안았다.

"꺄악, 현진아!"

"샌님한테 올라타니 어떠냐?"

"빨리 내려줘! 나 무겁단 말이야!"

"무겁기는. 다리를 살랑살랑 흔드는 게 꼭 강아지풀 같은데."

발버둥치는 걸 억지로 둘러안고 산을 내려왔다. 꽃구경, 나비 구경한다고 일부러 천천히 걸었다. 내 품에 안긴 나희를 내려놓기 싫어서.

"아, 빨리 가마 태워주고 싶다. 우리 나희."

"가마는 무슨."

"우리 마님께서 그러질 못하게 하니 어쩌냐. 나라도 타라고 내어드려야지."

해는 왜 이리 빨리 지는지. 일각여삼추라더니 틀린 소리 하나 없다. 고을 어귀에 다다라선 내려달라는 나희와 옥신각신했다.

"큰일이야. 이렇게 고집이 센 사내를 앞으로 어떻게 데리고 산담."

골치 아프다는 소리를 듣고서도 나는 좋아서 실실 웃었다. 그 꼴을 본 나희가 푹 한숨을 쉬면서 말했다.

"안 되겠다. 혼인하겠다는 말, 물러야겠어."

"나희야!"

질겁한 나는 얼른 그애를 내려놓았다. 조심조심 두 발이 땅에 닿는 걸 보고서도 전전긍긍했다.

"내 잘못했다. 응?"

"하늘에 별도 달도 따 주고, 잘하겠다더니. 순 말뿐이었지."

"아니다, 다신 안 그럴게. 너 싫다는 건 안 할게. 나는 그저 너 다리 아플까봐 걱정이 돼서……"

"농이야, 현진아."

그애가 풀죽은 내 어깨를 다독였다.

"커다란 사내애가 어찌 이리 기죽어선."

"……너 무서워 그런다."

무심한 저애가 야속하다. 조용히 입 다물고 앞만 보며 걸었다. 그러자 나희가 옆에서 슬그머니 얼굴을 내밀었다.

"누구 서방인지 옆모습도 참 잘났구나."

"……"

"이리 잘난 사내가 정말 내 서방 되는 게 맞아?"

결국 픽 웃고 말았다. 애교도 부릴 줄 모르는 게.

"너 웃으니까 백일홍 같다, 현진아."

"사내에게 백일홍이 다 뭐야……"

저것도 칭찬이라고 한다. 딴에는 내 기분을 풀어주려는 것이었다. 그 어설픈 재주에도 나는 부끄러워서 귀가 뜨거웠다.

"빨래터 아낙들이 널 뭐라 부르는지 아니?"

"몰라. 궁금하지도 않고."

"선인이라고 하더라. 왈패 선인."

그래서 안 궁금하다고 했잖아. 내 소문이야 뭐, 나도 안다.

할말이 없어 뺨만 긁적였다.

"밖에서 얼마나 사납게 하고 다녔길래 그런 소릴 들어? 이리 곱게 생겼는데 왈패가 다 뭐야."

"됐고, 나희야."

누가 날 어떻게 생각하건 상관없다. 내가 해코지했어, 뭘 했어? 자꾸 쓸데없이 말을 걸고 몸을 부닥치길래 짜증을 좀 냈을 뿐이다.

벌써 거대한 대문이 보였다. 집에 들어가면 또 사람을 본 척 만 척할 테지. 마음이 급해졌다. 작은 손을 붙들고 무작정 옆 골목으로 끌고 들어갔다. 나희를 끌어안고, 좁은 어깨에 간신히 이마를 박았다.

"다른 건 다 괜찮아. 혼인 무르겠단 소리만 제발 하지 마라, 응?"

"그냥 농이었다니까."

"농이라도 싫어."

참 이상한 일이다. 네 품에만 안기면 이리도 투정을 부리게 돼. 내 나이도 잊고, 너보다 한참 커다란 몸도 잊고, 나는 그저 네게 사랑받는 강아지가 되고 싶은가보다.

"현진아, 여기서 이러지 마. 응? 누가 보면 나 얼굴 들고 못 다녀. 어서 들어가자. 대과 보겠다고 어르신께 말씀도 올리고."

몰라. 안 들려. 나는 가는 허리를 더 꽉 끌어안고 목덜미에 코를 비비적거렸다. 이 냄새를 내 몸에 다 옮기고 싶다.

"덩치는 이렇게 커다래선. 어찌 이리 다섯 살 아이처럼 굴까."

"언제는 세 살배기라더니. 그새 두 살 더 먹었구나."

나희는 피식 웃으면서 가만가만 내 뒤통수를 쓰다듬어주었다.

"얼른 들어가. 장터 간다 하고 나왔단 말이야. 다녀와야 해."

"……"

"현진아."

아쉽지만 보내줘야 했다. 이 집 어멈들은 왜 저애한테 일을 못 시켜 난리야. 못내 미련이 남아 나는 석반도 먹는 둥 마는 둥 했다. 숙부 부처와 조부모님까지 함께한 저녁상은 휘황찬란했지만 잘 넘어가지 않았다. 맑은 고깃국물 위로 그 애 얼굴만 둥둥 떠다녔다.

날 보며 미소 짓던 나희. 그런데 그 미소가 괴롭고 외로워 보였던 것은 내 착각일까.

"현진이도 나가서 술 한잔할 테냐?"

조부께서 많이 기분이 좋으셨던지 사내들끼리 기생집에 간다고 시끌벅적했다.

"아닙니다. 저는 쉬고 싶습니다."

"그래, 공부가 어디 쉬운 일이냐. 피곤할 만도 하지. 장하다."

옛적부터 나는 술이고 여자고 관심이 없었다. 돈깨나 있는 집안 자식이라면 버릇처럼 기생집을 드나들었고, 교우 관계는 단절된 지 오래였다. 개가 똥을 끊겠나 싶어 같이 급제한 동기 놈들과도 어울릴 생각이 안 들었다.

결국 할일 없는 괭이처럼 슬금슬금 어슬렁거리다가 나희를 발견했다. 장옷을 뒤집어쓰고 대문을 나서고 있었다.

다저녁때인데 어딜 나가? 장씨 어멈이 또 심부름을 시켰나보다. 어두운데 불한당이라도 만날까 걱정되어 조용히 뒤를 따랐다. 그런데 나희가 향하는 곳은 주조장도 아니고 저잣거리도 아니었다. 관아 뒤의 사삿집이었다. 어른들이 없는 틈을 타서 집을 나온 저애가 누굴 찾아왔는지, 나는 대번에 알아챘다.

"창진 오라버니."

놈은 평상에 자리를 펴고 앉아 찬희와 바둑을 두고 있었다. 그러다 나희를 돌아보고는 반색하며 일어섰다.

"얼씨구, 이게 누구야. 우리 예쁜이 나희 아니냐!"

동시에 바둑알이 우수수 쏟아졌다. 찬희가 정색하고 소리쳤다.

"형님! 판을 뒤집으시면 어떡합니까!"

"아이고, 이런. 실수했네."

"실수는요! 일어나는 척하면서 일부러 쏟은 걸 누가 모릅니까? 자기가 쪼들린다고 판을 엎어버리는 무뢰배가 세상천지 어디 있답니까?"

"어허, 관인에게 무뢰배라니! 네 눈엔 이 방망이가 안 보이느냐?"

관인은 무슨. 나졸 주제에. 신나서 육모방망이를 휘두르는 거지발싸개 같은 몸짓이 그림자로 다 보였다. 웃자란 돌감자같이 생긴 게 귀여운 척은 하고 지랄이야.

저애는 대체 저게 뭐가 재밌다고 웃고 있어? 나는 눈을 돌렸다. 구역질이 나서 쫓아가 두들겨패버리고 싶었다. 여기까지 따라와놓고는 남의 집 훔쳐보는 것도 별로 내키지 않아,

담에 등을 기대고서 귀만 쫑긋 세웠다.

“됐으니까 야간 순라 돌러 가십시오. 괜히 바쁜 사람 불러다 놀고먹을 생각 마시구요.”

“아니, 근데 저놈은 어째 갈수록 아주 싹수가 노랗냐? 말투가 훈장 닮아가네.”

성난 찬희가 문을 박차고 나왔다. 급히 모퉁이로 몸을 돌려 다행히 나는 들키지 않았다.

“크흠, 나희 넌 무슨 일이냐. 오랜만에 들러선 왜 그리 죽상이야.”

“오라버니. 술 좀 있으십니까.”

“술?”

작은 흐느낌이 들려왔다. 어째 목소리가 심상치 않다 했더니, 갑작스러운 나희의 울음소리에 나는 그대로 얼어붙었다. 무슨 일이지? 왜 눈물바람일까.

하필 내가 급제한 경사스러운 날. 나와 혼인을 약속하고서 이 저녁에 다른 남자를 찾아와 눈물을 흘리는 나희 때문에 머릿속이 하얘졌다. 창진이고 뭐고 더는 안중에도 없어졌다.

“쯧쯧, 누이나 그 동생이나. 이 집이 주막인 줄 알아.”

“죄송해요. 오라버니밖에 말할 사람이 없어서……”

"술 여기 있다. 내 술 동무해주랴."

놈이 단출하게 술상을 차려왔다. 술을 잔에 채워주기 무섭게 나희가 빠르게 들이켰다. 그러면서 눈물 섞인 하소연을 시작했다.

"도련님이 대과를 치르지 않겠다고…… 어르신이…… 대가로…… 찬희도, 제 어미도……"

워낙 작은 목소리라 잘 들리지 않았다. 치기어린 내 마음에는, 놈이 얼마나 나희에게 가까이 붙어 있는지 따위나 보였다.

"그리 괴로우냐?"

"심장이…… 찢어질 것 같아요……"

오라버니, 하고 부르짖으며 나희가 엉엉 울었다. 그 소리가 천둥처럼 귀에 울렸다. 엄동설한에 계곡물 아래 있는 것처럼 머리부터 발끝까지 싸늘했다. 나희의 눈물에 압도된 나는 한 발도 움직일 수가 없었다.

"아니, 그 꽃도령은 왜 또 갑자기 대과는 안 본다고 해선 집안을 엎어놨대. 쯧쯧, 그것도 장손이라고……"

놈의 목소리는 내 귀에 들어오지 않았다. 허공을 떠돌다 의미 없이 흩어졌다.

"그러니 핏줄이라면 금쪽같이 생각하는 노인네가 뒤집히지 않고 배겨. 기껏 본가에 데려왔더니 아주 하루걸러 패륜 짓이구먼."

금쪽이 어쩌고 하는 것 같았다. 대체 누가 금쪽이라는 거야.

"오라버니, 우리 도련님 욕하지 마셔요. 패륜아라니요, 우리 큰 도련님 그런 사람 아니에요."

"절씨구. 놀고 있네. 너는 늘 꽃도령 역성만 드는구나. 하여튼 계집애들, 낯짝에만 눈이 멀어선…… 정신 차려라. 그거 미치광이풀에 핀 꽃이다."

육포를 질겅질겅 씹으면서 창진이 놈이 내 흉을 보기 시작했다. 그건 정확히 들렸다.

"눈을 봐라. 그럴 놈이다. 아니, 그러고도 남을 놈이지."

"우리 도련님 눈이 왜요. 얼마나 예쁜데요."

"사람 지나가는데 어찌나 째려보던지. 내 얼굴 다 찢어놓을 기세로 도끼눈을 치뜨는데, 원 참. 무서워서 살겠냐? 곱게 생겨선 아주 살쾡이가 따로 없어. 성깔 더러운 예쁜 살쾡이 말이다."

놈이 뚫린 입이라고 멋대로 지껄였다. 나희가 울고 있으니

달래주려고 일부러 농을 거는 것 같았다. 그걸 알기에 나도 그리 화가 나지는 않았다.

"에휴, 나희야. 그리 힘드냐. 그냥 털어버려라, 털어버려. 사람은 저마다 운명이 있고 앉을 자리가 다른 법이다. 더 마음 써봤자 너만 힘들다."

아무리 달래도 나희는 울음을 그치지 못했다. 상갓집에 온 사람처럼 그애가 울고만 있자 창진이 놈이 슬그머니 몸을 붙였다. 웬 개수작이야. 주먹을 움켜쥐는데 놈이 말했다.

"저기…… 크흠, 저기 말이다. 정 그렇게 힘들면…… 마작을 한번 해보는 건 어떠냐."

"마작이요?"

연신 눈물을 훔치던 나희가 고개를 들었다. 그 반응에 창진이 놈이 엉덩이를 끌어와선 신나게 설명했다.

"저 저잣거리에 가면 진시부터 판이 벌어진다. 전기수에게 들었는데, 한양에서 넘어온 꾼이라더라. 패를 어찌나 잘 돌리는지 쳐다보고 있으면 눈이 다 아프다니까. 신시에는 끝나니까 하루를 던지기에는 제격이지."

"오라버니……"

"너도 노리개는 몇 개 있지 않느냐. 팔아서 조용히 놀아보

거라. 찬희에겐 내 입다물 터이니."

"관아에 근무하시는 분께서 어찌 그런."

"어허, 관인은 사람 아니더냐?"

저런 한심한 놈을 봤나. 날이 밝으면 당장 별감에게 찾아가 고할 것이다. 순라꾼이 하라는 일은 안 하고 노름질이나 해?

"너무 빠지진 말거라. 마작에 너무 재미를 들이면 패가망신당한다. 내 여럿 보았어."

"그럴 일 없습니다."

듣다 듣다 한심했는지 나희도 장옷을 챙겨 일어섰다. 창진이 놈이 데려다주겠다고 함께 일어섰다.

통명스러운 찬희는 제 가족 외에는 경계가 철옹성 같은 아이였다. 파고들려 했지만 나는 그 경계를 뚫지 못했다. 한데 그 찬희하고도 저렇게 친하게 지내고, 또 나희가 저렇게 의지하는 걸 보면 창진이 놈이 영 배라먹은 개자식은 아니었다. 두 사람이 지나갈 때까지 나는 모퉁이에 몸을 돌려서 있었다.

조금 더 지켜보기로 했다. 두 사람은 집까지 가면서 두런두런 이야기를 나눴다. 염병할, 무슨 할말이 저렇게 많은지.

나희는 듣고만 있었고 주로 놈의 주둥이만 나불나불 움직였다. 대문 앞까지 바래다준 놈이 들어서는 나희에게 신신당부했다.

"나희야, 패를 쥔 손에서 눈을 떼지 말거라. 알았지? 방심은 금물이다!"

"알았으니 어서 가보셔요."

열심히 손을 파닥거린 나희는 문간채로 들어갔다. 창진이 놈이 광대놀음을 해준 덕분인지 기분이 많이 나아진 것 같았다.

나희의 눈물을 본 그날 밤. 나는 야심한 시각에 조부님을 찾아갔다. 이대로 공부에만 전념하여 보란듯이 대과에 급제하리라, 결심을 말씀드렸다. 숙부 부처가 없는 내일 아침 일찍 이야기하려 했으나, 나희의 눈물이 마음에 걸렸다. 내가 집안을 뒤집어놓아서 그애가 그리도 슬프다면, 그 슬픔을 거둬줄 수만 있다면. 나는 못할 일이 없었다.

"대신 대과에 급제하면, 제 소원 하나 들어주십시오."

"그래, 그래. 우리 장손 위해서 내가 못해줄 일이 무어냐. 집안 자랑인데. 뭐든 말만 해라. 뭐든지."

"정말 뭐든지 들어주시는 겁니까?"

"암, 그렇대도! 한입으로 두말하랴!"

"일구이언 이부지자一口二言 二父之子라 했습니다. 반드시 기억하고 있을 것입니다."

조부께선 내가 마음을 바꿨단 소식에 춤이라도 출 기세였다. 그애와 혼인시켜달라 하면 당장 나희네 가족을 내쫓을까 봐 차마 말하지 못했다. 할아버지가 그리 매몰찬 사람은 아니지만, 혹시 모르니까.

목표가 확실해지자 결심이 굳어졌다. 나는 칩거한 채 죽은 듯이 서책만 들여다봤다. 그애가 밥상 차리러 별당에 들어도 모른 척했다. 그 하얀 얼굴을 한번 보면, 눈이 마주치면, 봇물 터지듯 무너질 것 같아서 두려웠다.

달포에 한번쯤, 도저히 참을 수가 없을 때만 슬그머니 방문을 열어두었다. 보름달이 너무 예쁠 때. 날이 좋아서 별이 우수수 쏟아질 듯이 맑은 밤에.

"아, 다 때려치우고 싶다."

공부보다 나희와 붙어 있지 못하는 게 더 힘들었다. 어찌 가만두라고. 이 예쁜 걸.

함박눈이 내린다는 핑계로 나는 나희와 마당에 나왔다. 평상에 나란히 누워 하늘을 구경했다. 올해 첫눈이었다. 온 세상을 뒤덮은 함박눈이 나까지 하얗게 물들이는 것만 같았다.

"봐라. 정말 아름답지 않느냐."

"그러게. 이제 날이 더 추워지겠네."

"눈송이가 꼭 하얀 배꽃을 뿌려놓은 것 같구나."

"땔감을 부지런히 주워야겠어."

허공을 보고 하는 소리에 결국 나는 벌떡 일어났다.

"여인이 어찌 그리 분위기가 없어?"

"서책 보기 바쁜 도련님과 종년이 어디 같겠습니까."

날 놀리는 것이다. 추운 날씨 탓에 키득거리는 뺨이 붉었다.

"그리 추우냐?"

"응. 현진이 넌 안 추워?"

"나는 추운지 더운지도 모르겠다. 그저 이 종년이 아주 예뻐 죽겠구나."

와락 덮쳐서 끌어안고 얼굴 가득 입을 맞추었다. 그러고도 모자라서 품에서 놓을 수가 없었다.

"큰일이다. 급제하여 정승이 되기는커녕 너와 짐승처럼 뒹굴고만 싶으니."

"현진아, 공부에 전념해야지. 곧 대과를 치러야 하는데 자꾸 이러면……"

"애가 타서 죽겠다. 밥상 위 굴비만 쳐다만 보던 자린고비 심정이 이러한가 싶고."

나는 품에 갇혀 꾸물거리는 나희를 내려다보았다. 참 곱다. 예쁘다. 이거 언제 내 것이 되려나. 누군 안달이 나서 죽겠는데 평온한 나희 때문에 더 애가 탔다.

"빨리 첫날밤을 치르든가 해야지."

"무어?"

동그래진 눈이 진심인가 하고는 날 빤히 응시했다. 아니, 나도 성인인데. 제 손으로 내 머리 올려주었으면서.

"뭘 그리 놀라. 내 정인에게 못할 소리를 한 것도 아니고. 어차피 이미 내게 다 보여주지 않았느냐. 밤만 같이 안 보냈을 뿐이지."

서로의 향기를 맡느라 어지러웠던 그 밤. 나는 야릇한 기억을 끌어올리듯 입꼬리를 올렸다. 내 짓궂은 미소에 덩달아 달아오른 얼굴이 사랑스러웠다.

"……전부 보여주진 않았어."

"아니긴. 외간 여자 젖가슴 봤으면 장가는 다 간 게지. 내 너한테 장가들어야 해. 안 그럼 영원히 못 간다."

부끄러워 눈을 피하는 나희의 턱을 쥐고 입을 맞췄다. 제집 찾아가는 개처럼, 손이 저절로 저고리 아래를 파고들었다.

"게다가 이게 어디 보통 물건이냐. 상상도 못했다. 이리 클 줄은……"

나희는 저지하지 않고 오히려 목에 팔을 걸고 강하게 날 끌어안았다. 이에 화답하듯 나는 한껏 낮춘 몸을 더 수그렸다. 낙상홍 열매처럼 붉은 그것을 갓난애 젖 물듯 허겁지겁 찾아 머금었다. 아귀에 푹 안기는 살덩이를 정신없이 탐하면 나희는 괭이처럼 앓기 바빴다.

"아침에 승필이가 나 먹으라고 고을에서 제일 큰 대봉감을 따왔는데, 나희 네 것이 그보다 커. 그보다 훨씬 더 달고."

"현진아, 부끄러운 줄 모르고 그런 소릴 하니."

"사실인걸. 대봉감 먹으면서 너만 생각했다. 그리 핥아먹고 싶어서 혼났지."

순간 나희가 제 소리에 놀라서 얼른 입을 막았다. 끓는 열기에 몸이 집어삼켜질 것만 같다. 하나 밖에서 이러는 게 여인에게 좋을 리 없다. 애초에 입만 살짝 맞춘다는 것이 이리 되었다. 사특한 손이 그 맛을 못 잊고는.

과유불급이라 하였으니. 공자님께선 지나친 것은 미치지

못하는 것과 같다 하였다. 나는 나희와 이마를 맞댄 채로 가쁜 숨만 나눴다. 과유불급. 더는 안 된다. 사서삼경을 외우며 간신히 정신을 차렸다. 내 손으로 벌린 저고리를 다시 여며 주었다.

"참을 것이다. 내 기다릴 것이다."

대과에 급제하여 우리가 혼인할 때까지. 그러니 나희야, 너도 그리해야 해.

"약조 잊지 마라, 나희야."

부드러운 입술과 이마에 차례로 입을 맞추고, 나는 어렵게 몸을 일으켰다. 그런데 그애가 일어서려는 나를 붙잡았다.

"현진아. 너 대과 급제하면, 우리……"

"전무님, 발레파킹 맡겨야 한다고 합니다."

앞에서 들려온 조심스러운 목소리에 나는 번쩍 눈을 떴다. 뭐가 현실인지 적응되지 않아 크게 숨을 골랐다. 긴 꿈속에서 나온 것만 같았다.

아니, 마지막에 뭐라고 한 거야. 그 말을 들었어야 했는데.

이나희 표정이 영 어두웠다. 이 불길한 기분은 뭐지. 엿같은 예감은 꼭 빗나가지 않는 법이다.

나는 급하게 아내에게 전화를 걸었다. 신호음이 끝에 다다르도록 전화를 받지 않는다. 내게 마지막으로 보낸 메시지는 '도망갈 타이밍 봐서 연락할게, 여보ㅜㅜ'였다. 나는 다시 전화를 걸었다. 왜 받질 않는 거야, 이나희. 신경질적으로 핸드폰을 노려보고 있으니 김 대리가 내 눈치를 보면서 말했다.

"전무님, 주차 맡겨야 한다고……"

"들었습니다."

달칵. 문을 열고 땅에 발이 닫기 무섭게 흡연 구역에서 담배를 피우던 남녀가 일제히 이쪽을 돌아봤다. '더 베이'는 건물 한 채를 통으로 사용했다. 해안가의 곡선을 상징한 디자인으로 외양은 그럴싸하게 고급스러웠으나 유부남 신분에 헌팅으로 유명하다는 술집에 들어가긴 꺼림칙했다. 클럽을 방불케 하는 사람들의 과감한 옷차림도 꺼려지는 이유 중의 하나였다.

입구 근처에서 핸드폰을 귀에 대고 섰는데, 오가는 사람마다 내 쪽을 주시했다. 안 그래도 짜증이 머리끝까지 올라 있는데 별게 다 열받게 한다.

"뭘 저렇게 쳐다봐. 외제차 처음 보나."

차 키를 맡긴 김 대리가 돌아왔다. 인상을 잔뜩 쓴 채 뱉은 혼잣말을 듣고는 말했다.

"차가 아니라 전무님 구경하는 것 같은데요."

"나를 왜요."

"그야…… 잘생기셨으니까."

나는 무심히 김 대리를 응시했다. 내가 어떻게 생겼는지는 나도 안다.

"김 대리. 그렇게는 승진 못합니다."

"아부가 아니라 진짜 전무님 소름 돋게 잘생기셨습니다. 거기다 키도 크시고 몸도 좋으시잖아요."

"나도 압니다. 근데 헌팅하러 온 이십대한테 유부남이 눈에 들어오겠어요?"

그것도 애가 셋이나 딸린 유부남인데. 나는 일부러 반지 낀 왼손으로 핸드폰을 들고 있었다. 유별나게 묵직한 내 결혼반지를 못 보기는 어려웠다.

"전무님, 여긴 동물의 왕국입니다. 사자가 지나가면 쳐다보기 마련이죠."

"됐습니다."

징그러운 소리 하고 있네. 저건 이십대라면서 말투가 대체 왜 저래? '더 베이'에 관심이 있었다던 김 대리는 흥분을 감추지 못하는 눈으로 주위를 두리번거렸다. 와중에 이나희는 여전히 전화를 받지 않았다. 연결되지 못한 통화가 열다섯 번을 넘어가고 있었다.

"수고했습니다. 이만 퇴근하세요."

"전무님 혼자 들어가시게요?"

들어가긴 내가 어딜 들어가. 나는 애초에 유흥하곤 거리가 멀었다. 이나희와 헤어지고, 정신이 나가 있을 때도 집에서 혼자 마셨지 밖에서는 안 마셨다. 그래서 더 빨리 상태가 악화되는 거라고 의사가 지적했지만, 외골수 같은 성향은 어쩔 수 없었다.

"전무님, 전 여기서 기다리겠습니다. 아직 시차 적응도 안 되셨잖아요."

"괜찮으니 먼저 들어가요."

"아닙니다. 전무님 대리 부르는 거 싫어하신다고 들었습니다……"

맞다. 예민해서 생판 모르는 남이 운전하는 차에는 안 탄다. 어릴 때부터 대중교통을 싫어했던 것도 그래서였다.

김 대리와 입씨름하던 그때, 귀에 대고 있던 핸드폰 너머에서 충격적인 말이 들려왔다.

—전화기가 꺼져 있어 소리샘으로 연결됩니다. 삐 소리 후에는……

다시 전화해도 마찬가지였다. 내가 스무 번 넘게 전화를 걸었더니 이나희 핸드폰 배터리가 나간 모양이다. 낭패였다. 이런 일은 처음이라, 당황스러워서 미처 배터리 방전까진 생각하지 못했다.

이걸 어떡하지? 나는 충격에 굳어버렸다. 호랑이굴 같은 술집과 밖을 서성이는 좀비 떼를 번갈아 응시했다. 이나희가 저 안에 있다. 호빠 여왕이라 불리는 총각 사냥꾼과 함께……

"……김 대리."

"예, 전무님."

"괜찮으면, 같이 들어갑시다."

내 의지로 저딴 곳을 가보리라곤 상상도 한 적 없었다. 우리 현우, 이나, 유나의 얼굴이 차례로 눈앞을 스쳤다. 우리 애들 놔두고 내가 왜 이런 델 들어가야 해. 착잡하고 심란해서 맨정신으론 발이 떨어지지 않았다.

"담배 있으면 한 대만 피우고 가죠."

대형 라운지 바라더니 내부가 꽤 컸다. 언더그라운드에선 힙합이 나왔고, 1층의 절반은 하우스 뮤직이 나왔다. 영리하게도 조명과 인테리어, 음악으로 분위기가 다르게 구역을 나눠놓았다. 유흥 업소가 취향은 아니지만 왜 유명한지는 알 것 같았다.

"따로 예약 안 하셨으면 테이블로 안내해드릴게요."

쿵쿵거리는 비트가 귓전을 울렸다. 직원은 나와 김 대리를 클래식이 나오는 2층으로 올려보냈다. 나는 잃어버린 아내를 찾느라 정신이 없었다. 노란색 투피스를 입은 예쁜 여자는 대체 어디 숨었을까. 구석구석 바쁘게 눈을 움직이는데, 시골 쥐처럼 내게 달라붙어 있던 김 대리가 속삭였다.

"금요일은 예약 안 하면 남자들은 못 들어간다던데. 역시 전무님은 프리패스네요."

"같이 들어오자고 해서 미안합니다. 혹시 여자친구 있는데 내가 곤란하게 한 건 아닌지 모르겠네요."

"여친 부산 출장 갔습니다. 절대 모를걸요."

이거 완전 개새끼네. '애인이 출장 가면 이런 데 와도 됩니까?' 그렇게 말하려고 옆을 돌아봤다가 눈살을 찌푸렸다.

"……목이 왜 그럽니까?"

김 대리는 흘러나오는 노래 박자에 맞춰 부스러기 주워먹는 비둘기처럼 목을 까딱거리고 있었다. 아주 신이 났구나.

"이쪽으로 모실게요."

2층 칵테일 라운지는 나희가 보낸 인증샷 속의 배경과 비슷했다. 직원은 'Reserved' 카드를 치우고 나를 정중앙에 앉혔다. 디귿 자 모양의 소파형 테이블이었다. 사람은 달랑 둘인데 열 명은 앉을 수 있는 좌석을 줬다. 위치도, 크기도, 여러모로 이목을 끄는 자리였다.

"전무님, 선호하는 주종 있으세요? 아님 여성분들이 좋아하는 샴페인 같은 걸로 시킬까요?"

태블릿으로 와인 리스트를 살피는 김 대리의 목소리가 들떠 있었다. 골이 아팠다. 이 인간은 진짜 내가 여기 헌팅하러 온 줄 아나.

"떼땅져나 한 병 시켜요."

나희가 가볍게 즐기는 샴페인이었다. 다른 여자들이야 모르겠지만 아내가 샴페인을 좋아하는 건 사실이었다.

"두 분이 오셨어요?"

소파에 앉아 슈트 재킷을 벗는 그 짧은 틈에 누군가 와서 말을 걸었다. 앉아도 되냐고 묻기에 정중하게 거절했다.

“와, 여자가 먼저 와서 말 거는 거 처음 봐요. 역시 잘생긴……”

“김 대리.”

아무래도 확실히 해야 할 것 같다.

“오해가 있는 것 같은데, 우리 아내가 지금 여기에 있습니다.”

“사모님이요? 아이고, 전무님 한국 오시는 걸 모르셨나보다. 사모님도 즐겁게 놀고 계시지 않을까요?”

사람 구경에 시선을 빼앗겼던 김 대리가 뒤늦게 나를 돌아봤다. 말없이 싸늘한 내 표정을 읽고는 고개를 숙였다.

“죄송합니다. 임원분 모시는 게 처음이라 제가 긴장해서 말실수를……”

“아내를 찾아야겠는데, 방법 있어요?”

여기가 백화점도 아닌데 안내 방송을 요청할 수도 없고. 그렇다고 이 인파를 헤치고 다니면서 나희를 찾기는 모래밭에서 진주 찾기였다.

“전화는 안 받으십니까?”

"배터리가 방전돼서 연락이 안 됩니다."

"아, 사모님이 핸드폰을 꺼놓으셨구나."

'바람난 아내를 두고 의처증 남편이 유난이네'라고 오해해도 어쩔 수 없다. 다행히 김 대리는 내 목적을 알고부턴 적극 협조했다.

"직원한테 물어보겠습니다. 혹시 사모님 사진이나 인상착의 있을까요?"

나는 아내가 보낸 인증샷을 보여주었다. 아무래도 여럿이 있을 테니 일행을 찾는 게 빠를 것 같았다. 사진은 중심에 있는 황윤지 위주로 나왔다.

"사진에서 제일 왼쪽입니다."

"아니, 전무님이 왜 여기까지 오셨는지 알겠습니다. 사모님이 정말 미인이시네요."

"사진이 제대로 안 나왔어요. 아내가 사진발을 못 받습니다."

우리 나희는 실물이 제대로 안 담긴다. 어떤 카메라로 찍어도 그랬다. 순간 김 대리가 얼떨떨한 듯이 날 쳐다봤다.

"왜 그런 눈으로 봅니까."

"전무님 되게 애처가에 가정적인 분이시라고 제가 듣기는 했는데요. 와, 좀 신기해서…… 골프도 안 치시죠?"

"별로 안 좋아합니다."

그러니 딴소리 그만하고 우리 아내부터 빨리 찾아서 여길 나가게 해줘. 아까부터 남자고 여자고 이쪽을 흘끔거려서 피곤했다. 불편하단 티를 내자 김 대리가 칠링된 샴페인을 가져온 직원에게 얼른 사진을 보여주었다.

"레오파드 무늬 드레스 입으신 분이요?"

아무래도 사진에선 황윤지가 제일 눈에 띄었다. 옷도 특이해서 김 대리도 일행을 찾는 게 빠르다고 판단했다.

"네네, 지금 어떤 스타일 찾으시는지 알겠고요. 저희가 뭐, 매칭까지 관여하진 않는데요……"

직원도 적극적으로 돕겠다고 나섰다. 나는 그제야 물병을 땄다. 금방 아내를 찾겠구나. 타는 목을 축이며 안심했다. 직원이 웬 여자들과 함께 다시 나타나기 전까지는 분명 그랬다.

"제가 여쭤봤는데, 이 손님들도 합석하고 싶다고 하시더라고요."

딱 봐도 이십대 초반, 화려한 의상을 입은 넷이 테이블 앞에서 날 내려다보고 있었다. 유부남이 이런 델 와서 무슨 추

태인지. 스스로 정신 빠진 인간이라고 광고하는 것도 아니고…… 낯이 뜨거워 물을 뱉을 뻔했다.

"저기, 잠시만요."

다행히 김 대리가 먼저 나서서 합석을 거절했다. 의사소통에 오류가 있었다면서 직원과 다시 대화를 시도했다.

"육감적인 스타일 원하시는 거 아니었어요? 손님이 그러셨잖아요. 애니멀 프린트 원피스 입은."

"아니, 저분은 얼룩말 무늬잖아요. 저희는 표범 원피스 일행을 찾는다니까요."

듣고 있으니 아주 가관이다. 여기가 술집이야 사파리 월드야. 음악도 이젠 시끄럽기만 했다. 머리가 아파서 셔츠 단추를 하나 더 풀고, 소파에 머리를 기댔다. 꿈속에서 나풀거리던 나비가 아른거렸다.

나희야, 어디에 있어. 연락은 왜 안 받고. 통화 버튼을 다시 눌러도 전화기가 꺼져 있다는 음성만 도돌이표처럼 돌아왔다. 이럴 땐 담배 생각이 간절했다. 짜증스럽게 머리카락을 쓸어올리던 그때였다.

"저기, 제가 아까부터 지켜봤는데요. 굉장히 포스 있으시더라고요, 키도 크시고."

이번엔 중년 남자가 갑자기 말을 붙여왔다. 피곤했던 나는 눈만 치켜떴다.

"무슨 용건이시죠."

"아, 저는 이상한 사람은 아니고요, 이런 일 합니다."

나는 인상을 찌푸린 채 그가 내민 명함을 확인했다. 예능 PD였다. 나희에게 한번쯤 들어본 프로그램명이 이름 옆에 적혀 있었다.

"〈싱글 지옥〉 보셨죠?"

"안 봤습니다."

"앤플릭스에서 12주 연속 1위로 초대박을 쳤는데, 정말 저희 프로그램 못 보셨어요?"

못 본 게 아니라 안 봤다고. 저리 꺼져. 슬슬 신경질이 나기 시작했다.

"제가 지금 〈싱글 지옥〉 시즌 2를 준비하고 있는데요. 혹시 관심 있으시면 저희랑 미팅 한번 하시죠. 메기남으로 이미지가 딱 맞을 것 같은데."

"메기 안 좋아합니다. 싱글도 아니고요."

나는 왼손을 뒤집어 들어 보였다. 안 그래도 존재감을 발하는 내 결혼반지가 조명 아래서 영롱하게 빛났다.

"아유, 아쉽네요. 뷰파인더에서 굉장히 빛을 볼 마스크인데. 해변 전신샷도 아주 그림이 잘 나올 것 같고요."

내가 불쾌해하는 걸 보고도 PD는 능글맞게 웃었다. 은근슬쩍 소파에 앉아서 손으로 카메라 흉내를 냈다.

"아니면 저희 팀에서 새로 준비하는 기혼 예능이 있는데요. 이건 극비 사항인데, 국민 MC가 출연합니다."

국민 MC라면 우리 쌍둥이 이나, 유나가 제일 좋아하는 연예인이었다. 예능 프로그램 출연 의사는 없지만 나중에 말해주면 아내가 재밌어할 것 같았다.

"프로그램 제목은 〈이혼 만세〉라고……"

뭐? 이혼 만세?

"꺼져."

내가 PD를 물리치는 사이에도 김 대리는 나희 일행을 찾으려고 직원과 열심이었다. 그때, 지나가던 젊은 여자 둘이 대화에 끼어들었다.

"어, 나 이 언니 봤는데."

"저희 알아요."

똑같이 생긴 자매였다. 그 둘이 사진 속의 황윤지를 가리키면서 끄덕였다.

"아까 화장실에서 토하고 있던데요?"

정말이지 황 팀장다운 행보였다. 역시 소문에는 다 이유가 있는 법. 나는 급히 소파에서 일어섰다.

"혹시 노란색 투피스 입은 여자도 봤습니까?"

"아, 봤어요. 그 언니 존예."

"그 언니가 이 언니 옆에서 등 두들겨주던데."

나희가 술에 취한 황윤지의 뒷바라지를 하느라 정신이 없었구나. 퍼즐을 맞춘 듯 상황이 눈앞에서 그려졌다.

"그게 어느 화장실이었습니까?"

더는 이 동물의 왕국에 있을 이유가 없었다. 핸드폰을 주머니에 넣고, 슈트 재킷을 챙겼다. 한걸음에 테이블을 나오는데 쌍둥이 자매가 내게 다가왔다.

"근데 오빠, 몇 살이세요?"

"오빠 진짜 잘생겼어요."

날 올려다보는 두 쌍의 눈이 빛난 순간, 어째서인지 우리 집 쌍둥이가 떠올랐다. 스무 살이나 됐을까? 저들의 나이까지 가늠되자 숨이 턱 막혔다.

이나 유나, 우리 쌍둥이 공주가 15년 뒤에 클럽에서 이러고 있겠구나. 벌써 앞날이 훤했다. 같은 반 유치원 남자애를 얼마나 쫓아다니는지…… 나도 이름을 알 정도였다. 우리 애들은 날 닮아서 부끄러운 줄도 모른다. 어려서도 그런데 커서는 오죽할까. 상상만 해도 발밑이 무너지는 기분이었다.

"오빠?"

"오빠, 왜 그러세요? 표정이 갑자기."

"……오빠 아닙니다. 오빠는 무슨."

눈썹을 구겼다. 내가 보딩 스쿨 때려치우고 한국에만 좀 빨리 들어왔어도 너희만한 딸이 있겠다.

"에이, 잘생기면 다 오빠지."

"오빠 몇 살인데요? 혹시 삼십대예요?"

"됐고, 화장실이 어딘지나……"

다그치려다가 한숨이 나왔다. 자매의 얼굴 위로 자꾸만 우리 이나, 유나가 겹쳐 보였다. 정글 같은 이 유흥업소에 발을 들였을 때부터 느낀 위화감이 실재가 되어 눈앞에 나타났다. 세상이 어떻게 돌아가는지 모르겠다. 이 쌍둥이 부모는 애들이 이러고 다니는 걸 알면 집에서 발이나 뻗고 자겠나. 그 부모 사정이 남의 일 같지 않아 가슴이 먹먹했다.

"오빠 진짜 귀엽다."

말문이 막혀 당황한 내 모습이 그들에겐 달리 보였나보다.

양쪽에서 슬그머니 팔짱을 껴왔다.

"뭐하는 짓입니까?"

머리부터 피가 차갑게 식었다. 징그러운 건 둘째치고, 누가 보면 오해하기 딱 좋은 상황이었다. 정색하고 팔을 뿌리치려는 순간, 뒤에서 익숙한 목소리가 들려왔다.

"권현진. 지금 거기서 뭐하는 거야?"

내가 애타게 찾던 아내가 거기 있었다. 나를 구제 못할 쓰레기처럼 쳐다보면서……

집에 오는 내내 나희는 말 한마디 없었다. 나를 돌아보지도 않는 옆모습이 어찌나 서늘한지 한겨울 저리 가라였다.

"나희야, 에어컨 끌까? 춥지 않아?"

처음에는 열심히 날 대신해서 변명하고, 증인 서주던 김대리도 그 기세에 눌렸다. 세단 안에는 숨소리조차 들리지 않고 고요했다.

"어, 조용히 할게……"

시베리아 벌판 같은 분위기에 잠은 완전히 달아났다. 나는 눈도 붙이지 못하고 벌서듯이 집에 도착했다.

쾅! 욕실 문이 닫히는 소리에 참았던 숨을 겨우 토해냈다. 물소리가 멈출 때까지 나는 안절부절못했다. 물론 상황 설명은 하나도 빠짐없이 다 했다. 내 입장에선 억울한 일이었다. 다 들은 나희도 이해하는 것 같았다. 그러나 팩트와 감정은 다른 문제였다.

"자기야, 다 씻었어? 지금 잘 거예요?"

나는 욕실에서 나온 아내 뒤를 졸졸 쫓아다녔다. 뭐 마려운 개처럼 계속 눈치를 살피면서.

"여보, 내가 머리 말려줄까?"

드라이기에 손을 뻗자 나희가 거울로 날 노려봤다. 나는 조용히 손을 내렸다. 얌전히 뒤에서 기다리다가 제물처럼 침대에 가서 먼저 누웠다. 얼른 들어오세요. 그렇게 착한 눈으로 쳐다보는데, 머리를 다 말린 아내는 침실로 오지 않았다. 나는 멀리서 아들 방문이 닫히는 소리에 벌떡 일어났다.

아니, 뭐야. 그래도 잠은 우리 침대에서 자야지, 자기야. 결혼한 이후로 각방을 쓴 적은 한번도 없었다. 자주 다투기는 해도 우리는 화해가 빨랐다.

똑똑, 내가 듣기에도 비굴한 노크 소리였다. 그래도 답은 없었다. 조심스레 문을 열고, 고개를 내밀었다.

"여보…… 나도 현우 방에서 자도 돼요?"

최대한 귀엽게 물었다. 하지만 돌아오는 목소리는 냉랭했다.

"들어오면 나 집 나갈 거야."

문틈으로 이불을 뒤집어쓴 나희가 보였다. 등 돌리고 현우 침대에 누운 모습이 꼭 얄미운 애벌레 같았다.

얼굴이라도 좀 보고 얘기하지. 우리 일주일 만에 보는 건데…… 아쉬워서 미적대는데도 나희는 돌아보지 않았다. 어떻게 한번을 안 봐주냐. 한번을.

부부 침대에 나 혼자 누운 건 처음이다. 맞춤 제작한 크기의 침대지만 가끔 아내와 애들 셋이 다 올라오면 좁게도 느껴졌다. 가족끼리 있을 때는 현우도 시끄럽고, 쌍둥이는 천둥벌거숭이 같으니까. 우리 가족이 워낙 북적북적하니까.

조용한 우리집이 적응되지 않는다. 홀로 누운 침대가 얼마나 넓은지 나주평야 같았다. 거기에 버려진 기분이었다. 출장 가서 호텔 방을 혼자 쓸 때마다 밀려드는 그리운 감정과는 판이했다. 그리움과 외로움은 누군가를 간절히 원한다는 점에서 비슷하지만, 근본적으로 다르다. 그리울 땐 따듯하고, 외로울 땐 춥다. 이 세상에 나 혼자 고립된 것처럼. 그래서 외로울 땐 술을 찾나보다. 어떻게든 온기를 얻고 싶어서.

기분이 씁쓸했다. 자존심도 상하고, 서운하고, 창피하고, 미안했다. 그냥 집에서 기다릴걸, 괜히 이태원까지 찾아가선. 내가 잠깐 뭔가에 홀렸나보다. 평소라면 절대 안 할 짓을 망할 그 개꿈 때문에……

결국은 첫 각방이었다.

제3장

호접지몽

권가 현진.

눈이 내리고, 방이 붙었다. 내 이름 석 자가 이번에도 거기 있었다. 대과 급제자를 위해 한양에서 가마가 내려온다고 했다. 백년가약 맺을 날이 드디어 코앞까지 다가왔다. 심장이 두근거려 수탉이 울기도 전 꼭두새벽부터 눈이 떠졌다.

"큰 도련님, 경하드립니다."

많은 인파가 집으로 찾아왔다. 경사라고 관아에서 별감까지 와선 조부를 만나고 갔다. 나도 할아버지께 절을 올리고, 급제를 대가로 약속받았던 소원을 내밀었다.

"부모 대신 베풀어주신 은혜는 이제 다 갚았습니다. 조부님, 저 혼인하겠습니다. 제발 허락해주십시오. 제가 누구를 데려오든 받아주십시오. 제발요."

마루에 이마를 박고 빌었다. 태어나 누군가에게 이렇게 고개를 조아려보기는 처음이었다. 조부께선 들고 있던 곰방대를 까닥거리며 말했다.

"사내대장부가 되어선 두말할 수 없지. 알겠다."

조부는 내가 원하는 여자가 누구인지 묻지 않았다. 이미 알고 있을 것이었다. 이 고을 일은 하나도 빠짐없이 조부님 귀에 들어가거니와, 집안에 내가 나희 좋아하는 걸 모르는 사람은 없었다. 나는 마음을 숨기지 않았으니까.

만약 집안 어른들이 나희 모녀를 내쫓으려 했다면 감췄겠지만, 친자식 일이 아니라서 그런지 숙부도 나서지 않고 방관했다. 할아버지 또한 내 혼사보다는 승주 형님에게 관심을 뒀다. 작년인가, 서연 낭자 댁에 사주단자를 보냈는데 그 집에서 무엇이 마음에 안 들었는지 차일피일 택일을 미루고 있다 들었다. 이 고을에 승주 형님만한 신랑감이 없거늘 대체 무얼 그리 재는지 참으로 이상한 일이었다.

"그래, 현진이 너도 나이가 이미 한참 늦었다. 지금이라도 서두르거라."

허락은 어렵지 않게 받아냈다. 만약 반대했다면 집안과 연을 끊고 나희 모녀를 데리고서 한양으로 야반도주할 계획이었다. 어차피 내가 할 도리는 다하였으니 이판사판이다. 조부께선 이미 내 머릿속을 꿰뚫었는지도 모른다.

당장 나희에게 이 기쁜 소식부터 전하고 싶은데, 어멈들 사이에서 허드렛일을 하고 있어야 할 그애가 당최 보이질 않았다.

"우리 나희 못 보았는가?"

시끌벅적 알타리를 다듬던 아낙들이 일제히 입을 다물었다. 쥐 죽은 듯 고요한 가운데 고개도 안 든 장씨가 혀를 찼다.

"쯧쯧쯧, 장승마냥 헌칠한 양반이 어찌 부끄러운 줄 모르고 부엌에 들락거리신담."

"내 호래자식이라 그런가보오."

"아이고, 큰 도련님! 말씀 좀 가려하셔요!"

기겁한 장씨가 빽 소리쳤다. 나는 원래 말을 가려 뱉는 법을 몰랐다. 그래서 쭉 집안의 골칫덩이 취급받다가 그애가 누이처럼 돌봐주어 간신히 인두겁을 쓰고 사는 것이었다.

"아까 밖에 다녀온다고 하던데요. 고기 좀 끊어 오랬더니 사람이 불러도 듣지도 못하고, 종일 죽상을 하고 있길래 뭔 일이 있나 해서 놔뒀지요."

"혼자 나갔느냐?"

"거기까진 모르겠습니다요."

길이 엇갈릴까 싶어 대문에서 그애를 기다렸다. 다행히 나희는 어두워지기 전에 집으로 돌아왔다.

"집에 가만 안 있고 대체 어딜 그리 쏘다녀. 점박이 새끼도 아니고 쫄랑쫄랑."

엷게 웃는 얼굴이 어째 곤해 보였다. 그래 봤자 안채 심부름이나 다녀왔을 텐데, 내가 또 괜히 닦달했구나 싶어 입이 말랐다.

"어딜 가면, 어딜 간다고 말을 해둬야 할 것 아니야. 서방 마음 졸이게…… 혼인하고도 그 버릇 못 버릴까 걱정이구나."

아무 말 없는 그애 미소가 아스라한 연기처럼 희미했다. 이름 모를 불안감에 조급해진 나는 가녀린 손목을 낚아챘다.

"네게 줄 것이 있으니 들어가 이야기하자. 날이 춥다."

"현진아."

가슴이 덜컹 놀라 그애를 돌아봤다. 아직 조르지도 않았는데, 별당 밖에서 먼저 내 이름을 부르기는 처음이었다.

혼례를 올리면 늘 그리하겠지? 밖에서도 안에서도 서로 이름을 부르고, 당당히 손을 잡고 다닐 것이다. 벌써 우리가 부부라도 된 것처럼 부끄러웠다. 당황해서 굳어버린 날 대신해 나희가 내 손을 고쳐 잡았다.

"너는 어째 늘 그러니. 늘 내게 줄 것이 그리 많아."

참 나. 저걸 말이라고 하나. 정말 몰라서 묻는가? 마음 같아선 나를 통째로 네게 던져버리고 싶은데, 받을 사람이 아직 준비되지 않아 애써 참는 중이다.

"한데 어쩌지. 난 현진이 네게 줄 것이 없는데……"

"헛소리 말고."

성큼성큼 별당으로 향했다. 여기저기서 흘끔대는 시선이 느껴졌지만 나는 개의치 않았다. 지금 내 머릿속에는 나희와의 혼례뿐이었다. 나는 중문을 박차고 들어가 눈 치우는 하인부터 내보냈다.

"종오야, 이만하면 되었으니 나가 있거라."

내 아비의 종놈이었다던 마당쇠는 내가 이 집에 돌아온 이후부터 쭉 별당을 지켰다. 나와는 한몸이나 마찬가지였다.

"도련님, 아직 미끄럽습니다요."

"괜찮대도. 가서 우리 조부님이나 도와라. 사당 가신다더라."

"예, 구들장 밑에 불 넣어놨습니다요."

"그래, 잘했다. 어서 가라."

마당쇠가 싸리비 챙겨 나가는 걸 확인하고, 나는 그애를 안채로 들였다. 한쪽에 개켜진 침구를 보고는 손을 내젓는 걸 한사코 등을 떠밀었다.

"바람이 차서 그러니 들어와 앉거라. 혼례 전까진 내 애먼 짓 안 한다."

"현진아, 그래도 남녀가 유별한데……"

"날 못 믿느냐? 근 20년을 기다렸는데 설마 그걸 못 참을까."

나희의 눈이 동그래졌다. 몰랐다는 듯 순진한 표정에 나도 웃음이 터졌다.

"뭘 놀라. 내 어릴 때부터 주욱 너를 연모하였는데. 이제와 모르는 척해도 안 놓아준다."

나는 크고 푹신한 방석을 아랫목에 놓았다. 어정쩡히 선 그애를 거기 앉혔다. 내 억센 손길에 치맛자락이 풀썩였다. 닳아서 실밥이 튀어나온 옷자락에 우리 둘의 눈이 동시에 닿았다. 민망해서 감추려는 나희가 안쓰러워 나는 얼른 자리에서 일어났다. 의걸이장 깊숙이 고이 모셔둔 비단옷과 꽃신을 꺼냈다.

"세상에나."

노란 저고리에 다홍치마. 고운 색감의 비단옷은 방안에서도 환했다. 뭘 들이밀어도 시큰둥한 나희조차 감탄을 뱉었다. 연꽃과 길상무늬가 들어간 영롱한 자태의 저고리에 넋을 잃었다.

"고르고 골랐다. 사내가 치마저고리를 보고 있자니 내 어찌나 부끄럽던지."

"결이 고와. 호수에 물결처럼 윤이 나."

어느새 내 앞에 선 그애가 찬찬히 비단옷을 둘러보았다. 한참이나 저고리를 살피다가 금박이 놓인 치마의 스란을 만지작거렸다. 근방에선 보기 어려운 귀한 물건인 줄은 아는지 꽃신에서도 눈을 떼지 못했다.

"어디서 이렇게 곱고 예쁜 걸 구했어?"

"모르겠다. 어디서 이렇게 곱고 예쁜 게 나타나선 사람을 애태우는지……"

뺨을 붉힌 나희가 조용히 나를 타박했다.

“현진아. 가끔 너 하는 말을 듣고 있으면 말이야, 여인 꼬시려고 혈안인 난봉꾼 같아.”

“난봉꾼은 아니지만 널 꼬시려고 눈이 돌아간 건 사실이지.”

“큰일이다, 너. 그리 여색을 밝혀서……”

“여색이라니 누가? 내 여인이라곤 너밖에 모르는데 언제 여색을 밝혔단 말이냐.”

억울하다. 나처럼 청정한 사내가 이 하늘 아래 또 어디 있다고. 여색을 알았다면 여태 참을 수나 있었겠어?

“순결을 어찌나 잘 지켰는지 매화가 내게 형님이라 부른다.”

나희가 민망해하며 서둘러 시선을 돌렸다. 옷을 받아들곤 비단이 곱단 소리만 괜히 반복했다.

“내일 이거 입어라. 조부님께 같이 인사드리러 가자.”

실은 이미 허락받고 오는 길이라고 설명하자 나희의 고개가 밑으로 떨어졌다. 누런 버선을 응시하던 그애의 고운 눈망울이 흔들렸다.

“현진아, 넌…… 넌 두렵지도 않아?”

“세상이 내 것인데 두려울 게 무엇이냐.”

비록 부모 얼굴 한번 본 적 없는 신세지만, 살면서 내가 결심하면 얻어내지 못한 게 없었다. 비탈길처럼 쉬운 인생이었다. 모든 게 나희를 만나기 위한 여정이었다고 생각하면 그마저도 꽃길이었다. 내게 어려운 건 저애밖에 없었다. 찬방 어멈의 딸, 나희.

"내가 무서워하는 건 너뿐이다, 나희야. 네 마음을 얻는 게 세상을 얻는 것보다 힘들구나. 내게는 그래."

나는 나희를 뒤에서 끌어안았다. 무슨 생각을 하는지 그애는 비단옷을 든 채로 굳어 있었다.

"이제 그만 좀 애태워라. 네 서방 속이 다 탔다."

작다. 내가 평범한 사내보다 큰 것도 사실이지만 나희가 워낙 아담했다. 품안에 쏙 들어올 정도로. 더 세게 끌어안으면 부서질까 무서워 조심스러웠다.

"누이, 누이 부르며 널 쫓아다녔던 게 엊그제 같은데."

오랜만의 호칭이었다. 나희가 흠칫하며 날 돌아봤다.

"누이는…… 채신머리없이."

"그딴 거 알 바 없다. 내 체면 따위 이미 다 잃은 지 오래 아니냐?"

제발 나 좀 봐달라, 애걸복걸한 지 얼마나 되었던가. 아직 두 무릎만 안 꿇었을 뿐 자존심 같은 건 오래전에 내팽개쳤다.

"누이가 언제 이리 작아졌을까, 응?"

봉선화처럼 붉게 물들인 뺨이 참 고왔다. 눈을 마주치자 도망치듯 휙 고갤 돌렸다. 씩 웃은 나는 조그만 귀에 대고 '누이' 하고 속삭였다.

"너 내가 그리 부르는 걸 퍽 좋아하지? 다 안다."

나희가 귀까지 벌게져선 내 팔뚝을 찰싹 내려쳤다. 봐, 저렇게 좋아하면서. 아닌 척하는 게 얄미워 나는 몸부림치는 나희를 더 꽉 끌어안고 귀에다 바람을 불었다. 간지럽다고 자라처럼 움츠린 여체가 귀엽기 짝이 없었다.

"우리 혼인하면, 매일 누이라고 불러주마."

장난질을 더 치고 싶었지만 나도 상황이 여의치 않았다. 아까부터 셋째 다리가 제 주인 알아보는 개처럼 벌떡 서서 만져달라고 난리였다. 어차피 내일이면 우리는 집안의 허락을 받고, 나희는 정식으로 내 정혼자가 될 것이다. 나는 조급해하지 않으려 애써 마음을 다잡았다.

꽃신과 비단옷을 곱게 끌어안은 그애가 문간 앞에서 천천히 날 돌아보았다. 시선을 들고 오래 눈을 맞췄다.

"안녕히…… 내 도련님."

인사 한번 쓸쓸하게도 한다. 나는 별당을 나서는 그애를 흐뭇하게 주시했다.

"그래, 내일 보자꾸나."

가면서도 돌아보길 몇 번이었다. 뒷짐을 지고 섰던 나는 그때마다 손을 들어주었다.

기다림 앞에 시간이란 어찌나 야속한지, 해도 늦게 지고 달도 늦게 떴다. 드디어 우리가 혼례를 올리고 부부가 된단 생각에 새카만 밤중에도 잠이 오지 않았다. 뜬눈으로 밤을 지새우고, 새벽닭이 울기도 전에 침방 문을 열었다. 찬 기운이 가시지 않은 공기가 폐부 깊숙이 밀려 들어왔다. 내게는 너무나 익숙한 향기까지도.

"나희야."

그애가 다녀갔구나. 얼른 밖으로 나가보니 주춧돌 위에 접어놓은 쪽지가 있었다. 열어보자 귀여운 언문이 나왔다.

정오에 찾아뵙겠습니다.

서체가 어릴 때와 사뭇 달랐다. 우리가 꼬마일 적에는 자기가 누이라고 내게 이것저것 가르치더니 나이가 들어선 그것도 민망한지 내 앞에선 도통 아는 척을 삼갔다. 새벽에 연서를 써서 보낸 적도 몇 번 있는데, 답신은 오지 않았다. 이 짧은 쪽지가 처음 받은 서신이었다.

이런 백면지는 또 어디서 구해서는. 닥종이마저 사랑스러워 보일 지경이니 나도 제정신이 아니었다. 그 작은 손을 잡고, 조부 앞에서 우리 잘살겠다 절할 생각을 하자 만물이 아름다워 보였다. 마당쇠 빗질하는 소리마저 거문고 타는 풍악으로 들렸다.

귀한 객이 들었다고 하인들이 웅성웅성했다. 매일 보던 사이임에도 그랬다. 앞으로의 관계는 달라질 테니까. 그 사실을 하인들마저 의식하고 있단 걸 깨닫고 나는 괜히 낯부끄러워서 별당 밖을 나서지도 못했다.

아마 나희도 지금 나와 같은 마음이겠지. 설레어서 나도 의복을 정제하고, 정오에 조부를 뵈러 큰 사랑채로 들었다. 마음이 구름 위에 둥둥 떠 있었다. 내가 준 꽃신이 아니라 낯선 수혜가 놓여 있어 의아했지만, 대수롭지 않게 넘겨버렸다. 실은 눈에 들어오지도 않았다.

"조부님. 장손 왔습니다."

"그래, 현진이 어서 들어오거라."

환대에 문을 열자 여인네들 특유의 분내가 확 풍겨왔다. 동시에 상석에 앉은 조부님과 그애가 보였다. 내가 선물한 비단옷을 곱게 차려입고 오늘따라 댕기도 사대부 여인들처럼 차분하고 곱게 땋았구나. 뒷모습만 봐도 심장이 미친 듯 뛰어댔다.

"이렇게 보니 둘이 참 잘 어울리는구나. 선남선녀로다."

조부의 칭찬이 이어졌다. 흐뭇하게 웃으며 자리에 앉는 순간이었다. 습관적으로 옆을 돌아보던 나는 그만 방석에서 미끄러져버렸다. 그애가 아니었다. 너무도 낯선 얼굴에 기겁하여 심장을 부여잡았다.

"서연 낭자……!"

겨우 토해낸 음성이 신음처럼 흩어졌다. 아무리 눈을 감았다가 다시 떠도 서연 낭자였다. 나희가 아니라. 이게, 이게 대체 무슨 일이지. 얼마나 놀랐는지 쇳소리가 나왔다.

"그대가 왜 여기 있소?"

웃고만 있는 조부님, 내가 나희에게 선물한 비단옷, 당연한 듯이 그걸 입고 있는 서연 낭자. 나는 귀신을 본 것처럼 어안이 벙벙했다. 그녀가 부끄러운 듯이 고개를 떨구며 말했다.

“도련님께서 급제하시기만을 기다렸습니다.”

“아니, 그대가 왜 이 자리에 있느냔 말이오!”

그리고 그 옷은 왜 당신이 입고 있는 건데.

“왜냐니요, 도련님께서 그간 제게 연서를 보내셨잖습니까. 이 옷과 함께요.”

말도 안 돼. 기가 막혀서 눈을 치떴다.

“그 무슨 개소리요?”

서연 낭자는 분명 승주 형님의 정혼자였다. 이미 어릴 때 정해진 둘의 운명이었다. 이 고을에 모르는 사람이 없거늘.

“난 그대에게 아무것도 보내지 않았소. 그리고 그 옷은 주인이 따로 있으니 벗으시오!”

“꺄악, 도련님!”

“당장 벗어!”

눈을 뒤집고 달려들자 장승처럼 서 있던 승필이가 간신히 나를 떼어놓았다. 예전에 조부의 서안을 뒤엎고 집을 나가버린 역사가 있어 그뒤로는 늘 승필이가 방안에 함께였다.

“현진이 너는 앞으로 그 험한 말버릇을 좀 고쳐라. 네 안사람 될 여인에게 그게 무슨 개망나니 짓이냐.”

"혹시 섬망 오셨습니까?"

"예끼, 이놈아."

내가 따져 묻자 곰방대를 물고 능구렁이처럼 웃던 조부의 표정이 굳어졌다.

"할애비한테 못하는 말이 없구나. 조정에 나가 큰일 할 사내가 아직도 떼쓰는 어린애 같아서 걱정이다."

당황한 나는 상황 파악이 늦었다. 정신을 차리지 못하는 날 보고 조부가 혀를 끌끌 찼다.

"현진이 너도 이제 정신 차려야지, 언제까지 그 헛된 망상에서 살 게야."

설마 조부가 망상으로 치부하는 게 나와 그애인가. 우리의 혼인인가. 나는 번쩍 고개를 쳐들었다.

"앞으로 서연이 네 몫이 크다. 이젠 네 지아비 아니냐. 네가 우리 현진이를 잘 보살펴야 한다."

"예, 어르신."

"지아비?"

어이가 없어 코웃음이 쳐졌다. 지아비는 내가 누구의 지아비라고.

"하…… 놀고들 있네. 씨 뿌리는 종마도 아니고 이 혼인에 내 의사는 상관이 없습니까?"

벌건 눈으로 자리에서 일어나자, 승필이가 경계하며 다가왔다. 나는 그를 밀쳐버리고는 조부에게 손가락질을 했다.

"이 손자가 의원은 아니나 조부께선 섬망이 분명하십니다. 아니라면 어찌 어리석은 미치광이 노인이나 할 짓을 제게 하십니까? 제가 언제 조부님 말씀에 순순히 따른 적이 있더이까?"

"이노옴!"

"그리고 낭자께서는 정조도 없으시오? 승주 형님과 정혼해놓고는 어찌 지아비를 바꿔 혼례를 올리겠다 이 자리에 오셨습니까."

"도, 도련님. 소녀는 그저 어르신께서 부르셔서…… 이 옷도 손수 준비하셨다고 들었기에 도련님께서 제게 마음이 있으신 줄 알고."

"귀가 먹은 거요, 눈이 멀은 거요? 내가 이 집 종년에게 미쳐 천지 분간 못한다는 소문을, 단 한 번도 들어본 적 없으시오?"

나는 문을 박차고 나갔다. 야차처럼 벌건 눈을 치뜨고 성큼성큼 걷는 나를 모두가 피해 다녔다. 부엌이며 장고를 찾아다녀도 그애가 없었다. 찬방 어멈도 보이질 않았다. 모녀를 찾던 나는 행랑채의 단칸방 문을 벌컥 열어젖혔다.

"워매."

좁은 방에 대자로 누워 있던 돌쇠가 화들짝 눈을 떴다.

"별당 도련님이 어쩐 일로……"

"여기 나희 모녀가 쓰는 방 아니냐?"

"오늘 집 나갔잖습니까. 춥다고 이제 저더러 쓰라던데요."

"뭐?"

상상치 못한 소식에 눈앞이 하얘졌다. 어지럼증이 일어 문간을 꽉 붙들었다.

"모녀가 어딜?"

"예?"

"어딜 갔느냐고 묻질 않느냐!"

홧김에 내려치자 문이 쩍 나가떨어졌다. 갑자기 떨어진 불호령에 돌쇠가 무릎을 꿇고 앉았다. 내가 더 캐물을 것도 없이 술술 불었다.

"그…… 며칠 뒤에 나희가 혼례를 치른답니다. 이제 이 집에서 안 지낸다고요. 어젯밤부터 갑자기 짐을 싸더니 꼭두새벽에 야반도주하듯 떠났답니다. 인사도 없이 훌쩍 가버려서 다들 언제, 어디로 갔는지는 모릅니다요."

나는 넋이 나간 채로 그 말을 들었다. 충격에 휩싸인 내 표정이 불만했는지 돌쇠가 머리를 긁적이며 덧붙였다.

"가만있자…… 그 왜 찬방 어멈에게 아들 하나 있잖습니까? 진사시인지 사마시인지 준비한다던. 어린놈이 어디서 돈이 났는지 밭떼기를 사서 옆 고을에 장가를 들었다던데, 그 집에 갔나 싶기도 하고."

찬희가 장가를 갔어……? 나는 처음 듣는 소리였다. 나희는 제 동생에 관해선 일언반구 없었다. 예전에는 미주알고주알 어미가 어쨌느니, 동생이 어쨌느니, 가족 얘기도 종종 했었다. 그런데 머리가 크고부턴 뚝 끊었다. 지금 돌이켜보니 이상한 징조가 한둘이 아니었다.

넌 대체 언제부터 나를 버리고 도망갈 작정을 한 거야. 언제부터……

속에 들불이 번진 것처럼 목이 탔다. 그애가 결심하고 날 떠났단 걸 알게 된 순간부터 눈앞에 아무것도 안 보였다. 머릿속이, 가슴이 텅 빈 채로 고을을 이 잡듯 뒤졌다. 하다 하다 빌어먹고 사는 걸개를 붙잡고 어디서 잔치가 열리는지 물었다.

"산 너머에 왜 늙은 아전놈 하나 있지 않습니까. 며칠 뒤에 그 집에서 혼례가 있다고, 벌써부터 난리도 아닙디다."

서툰 설명에도 뇌리에 번쩍 불이 들어왔다. 마흔이 넘은 이방의 집이었다. 이번에 혼인하면 삼혼이었다. 그 같잖은 집안에, 네가 감히 그깟 놈에게 시집을 가겠다고 날 버려?

어디 실컷 도망가봐라, 내가 버려지나. 분노에 휩싸인 나는 야차처럼 산을 뛰어올랐다. 해가 지는 줄도 모르고 이방의 집을 찾아다녔다.

마침내 그 집의 담을 넘었을 때는 이미 달이 떠 있었다. 애써 찾아다닐 필요도 없이, 장독대 옆에 우두커니 앉아 있는 작은 인영이 보였다. 제 무릎을 끌어안고 앉아서 근처에 누가 오는지도 모르고 어둠 속에서 넋을 놓고 있었다.

"……나희. 나희야."

이름을 불러도 대답이 없었다. 천천히, 스르르 돌아간 고개가 나를 응시했다.

"현진이……?"

젖은 눈이었다. 가짜를 보듯 멍한 시선으로 날 쳐다보다가 점차 동공에 빛이 돌았다.

"너…… 너 진짜 현진이야?"

"그래. 나다."

나희는 놀라서 입을 다물지 못했다. 비틀거리며 일어서는 그애 품에 뭔가 있었다. 그걸 뒤로 감추고는 푹 고개를 숙였다.

"너 왜 여기 와 있는데."

나는 떨리는 목소리를 감추려 작은 어깨를 붙잡았다. 어떻게든 눈을 맞추려고 고개를 숙이고 답을 재촉했다.

"말을 해봐라. 입이 붙었어? 할말이 없어? 변명도 못하면서 왜 이따위 장난질을 쳐!"

버럭 소리치고 말았다. 움찔 튀어오르는 몸을 보고 나는 성질을 죽이고 급히 음성을 낮췄다.

"네가 버린다고 내 그렇게 쉽게 버려질 성싶으냐? 어서 돌아가자. 다시는 이 일을 탓하지 않을 테니 집으로 가자. 거기가 싫으면 다른 곳으로, 어디든 난 상관없으니까 우선 여기서 나가자."

등을 떠밀다가 조급해진 나는 그애를 어깨에 들쳐 안았다. 아니, 그러려는 순간 조용하던 그애가 내 손을 뿌리쳤다. 동시에 바닥에 뭔가가 나뒹굴었다.

내쳐진 나는 채찍에 맞은 사람처럼 얼어붙었다. 버려진 손이 너무 아팠다. 불에 덴 듯이 뜨거웠다. 여태껏 나희가 나를 이런 식으로 밀어낸 적은 없었다. 단 한 번도.

"나희야."

발에 챈 강아지처럼 나는 서글픈 눈으로 그애를 바라보았다.

"나희야, 제발……"

나 좀 봐줘. 제발 한번만 봐줘.

"대과 급제하면 나랑 혼인해준다며. 그러기로 약조했잖아."

결국 나는 도망간 정혼녀 앞에서 큰소리 한번 치지 못하고 무너졌다.

"나희야……"

저애를 볼 때마다 느껴지던 막연한 불안감이 마침내 현실이 되었다. 언젠가 이런 날이 올 거라고 예감했는지도 모르겠다. 그래서 그렇게 약조를 받아내려고 안달했던가.

"마음이 바뀌었어."

겨울밤보다 차가운 목소리가 흘러나왔다. 결심한 듯 그애가 빳빳이 고개를 쳐들고는 말했다.

"현진이 너와 혼인해도 내가 얻을 게 많지 않겠더라. 한양에 따라가고 싶지도 않고."

"그래서……"

나는 숨죽여 변명을 듣다가 신음하듯 입술을 움직였다.

"그래서 내가 준 비단옷 팔아서 네 동생 장가보냈느냐? 잘난 네 동생이 그리 귀해서, 대신 나를 버릴 생각을 했어?"

나와 헤어지는 대가로 조부에게 돈을 받았을 것이다. 찬희 장가보내고, 한참 늦은 너는 이방에게 시집 들고, 더는 네 어미 고생시키지 않으려고.

"나희야, 셈을 그리 못해?"

한심해서 저절로 인상이 구겨졌다. 저 바보 같은 게.

"네 원하는 게 무엇이었든 그까짓 것, 나는 못해줬겠어?"

열린 곳간처럼 나는 저애와 그 가족에게 많은 걸 베풀었다. 아까운 적도 없었고 대가를 바란 적도 없었다.

"그걸 잘 알면서 네 어찌 이따위…… 아니, 아니다. 나희야, 사람은 누구나 실수하는 법이다. 나는 이해한다. 다 이해해. 그러니 이제 돌아가자, 응? 더 묻지 않을게. 지난 일을 들추지도 않으마. 약속할게. 남아 일언 중천금 아니겠느냐."

나는 횡설수설했다. 저애가 스스로도 설명하지 못하는 변심을 내가 어떻게든 덮어주려고 애를 썼다. 나희는 울음을 참듯 입술을 깨물었다. 더 대화하지 않겠단 듯이 눈을 피하기에 덜컥 가슴이 내려앉았다.

"돌아가자. 그리하면 내 아무 일도 없었던 것으로 할게. 밤길이 어두우니 어서 가자, 응? 나희야."

"아니, 나는 안 돌아가."

또다시 내 팔을 뿌리쳤다. 두 번 겪어도 따끔했다. 끝났다는 사람에게 아직은 아니라고, 애걸하다 내쳐지는 손은 왜 이리도 아픈가. 나희야, 나는…… 네가 날 밀어냈다는 그 사실이 너무 아파. 괴로워 미치겠어.

상처받은 얼굴로 그애를 쳐다보았다. 어릴 적 내가 넘어지면 달려와 일으켜주던 나희. 하지만 그애는 더이상 옛날처럼 손을 내밀지 않았다.

"현진아, 너 거북이 본 적 있니. 그 등에 붙은 따개비도 보았어?"

"하, 웬 뚱딴지같은 소리냐."

"내가 그와 닮았더라. 아무짝에도 쓸모없이 네 등에 붙어서, 피만 빼먹는 기생충 말이야."

"누가 그딴 개소리를 해?"

뻔하지. 내 조부였겠지. 내가 순진했다. 그 노인이 나 몰래

뒤에서 이따위 음흉한 짓을 벌였으리라곤 상상도 못했다.

"나도 처음에는 화가 났는데…… 받아칠 수가 없더라. 틀린 말도 아니어서."

씁쓸하게 웃는 얼굴이 추워 보였다. 그새 야위었어. 나 버리고 가기로 결심했으면 밥이라도 잘 먹든가. 핼쑥해진 뺨을 감싸고 다 괜찮다 안아주고만 싶었다.

"나 이제 현진이 네겐 그만 받고 싶어."

"내가 주겠다는데 왜. 내가 상관없다는데 네가 왜."

"현진아, 너와 혼인하면…… 난 평생 받기만 하며 살아야 해. 갚지 못할 은혜에 고마워하면서, 또 미안해하면서……"

저게 무슨 말이야. 나희 목소리가 귀에 들어오지 않고 튕겨나갔다. 나는 도통 이해가 되질 않았다. 내가 네게 베푸는 것이 어찌 은혜이며, 너는 왜 그걸 갚을 생각을 하는데.

"나 말고, 서연 아씨 같은 양갓집 규수가 네 옆에 있었더라면 얼마나 좋았을까. 매일 그런 한심한 후회를 하겠지. 하필 나 같은 게 네 옆에 따개비처럼 달라붙어서, 입신양명에 도움도 되질 못하고……"

"내 언제 입신양명하고 싶다더냐."

듣자 듣자 하니 기가 차서. 비소가 터졌다.

"해도 나 스스로 할 것이다. 처가 도움 따위 필요 없었다고."

"그래, 그러니까 너와 나는 달라. 다른 땅에서 태어났고 같은 밭에 심어질 수 없어. 그러니 이쯤에서 널 놓아주는 게 내가 해줄 수 있는 유일한 선물이야, 현진아."

결국 저애의 변명은 하나였다. 화마가 휩쓸고 간 재 속에서 썩어 문드러진 꽃이 피었다. 불꽃처럼 타오르는 노기에 눈가가 달아올랐다.

"네 자존심이 그리 중하냐."

나는 내던진 지 오래인데. 그게 무어라고. 자존심 그까짓 것…… 나는 천 번, 만 번도 더 버릴 수 있는데.

"네 앞에 벌거벗은 나는. 이리도 애걸복걸하는 나는! 이런 내가 가엾지도 않아?"

"가여워! 나는 현진이 네가 너무너무 가여워! 그래서 미치겠어!"

나희가 울음을 터뜨렸다. 막아둔 둑처럼 눈가에 고여 있던 연민과 고통이 턱 아래로 줄줄이 떨어졌다. 눈물은 창칼보다 힘이 세서, 단숨에 내 입을 다물게 했다.

"나는 그저…… 네게 나보다 더 좋은 걸 주고 싶어. 그뿐이야."

안아주고 싶다. 생각보다 몸이 먼저 나갔다. 하지만 뒤로 물러서는 그애 걸음에 내 손은 허공에서 멈췄다. 우리가 여기까지라고, 닿아선 안 된다고 선을 긋는 몸짓에 가슴이 짓이겨지는 듯했다.

나도 울고 싶은데 저애가 눈물을 쏟고 있어서 차마 그럴 수가 없었다. 아프고, 슬프고, 괴롭기는 마찬가지인데 미워할 수도 없었다. 참담해서 눈을 돌리다가 바닥에 나뒹구는 두 짝의 신을 발견했다. 내가 비단옷과 함께 선물했던 꽃신이었다. 주워 들고 보니 열이 치받았다. 겉은 번드르르한 주제에 주인에게 내버려진 꼴이 딱 나와 같구나. 속에서 울컥 뜨거운 게 올라왔다. 저 멍청한 게.

"이건 왜 끌어안고 있었느냐? 내버렸으면서 미련은 왜 떨고 있어!"

나희는 대답은 하지 않고 엉엉 울기만 했다. 지가 울고 있으면 내가 화도 못 낸다는 걸 다 아는 모양이었다.

"내일…… 내일 다시 오마."

울음소리가 잦아들지 않아 하는 수 없이 나는 몸을 돌렸다. 그러자 등뒤에서 날아온 작은 목소리가 내 발목을 잡았다.

"내 절이나 한번 받고 가라, 현진아."

"안 받는다."

영영 헤어질 것도 아닌데 절을 왜 받아. 내일 다시 온다는 말은 어디로 들었어? 담을 넘으려다 말고 끝내 뒤를 돌아봤다. 내가 보든 안 보든 상관없다는 듯 정말로 절을 하고 있었다. 미련한 것. 비틀거리다가 쓰러지듯 주저앉아서 기어코 손을 모으고 고개를 박았다.

제발 그러지 마. 정말 우리가 마지막인 것처럼……

심장이 찢어질 것 같아서 나는 훌쩍 담을 넘었다. 다리로 걷는지 팔로 걷는지 몸뚱이가 어떻게 움직이는지도 몰랐다. 혼이 쏙 빠져서 겨우 집을 찾아왔다.

밤새 눈물로 지새우고, 다음날 그애를 찾아갔을 때는 상황이 달라져 있었다. 내가 사줬던 것만치 화려한 비단옷을 걸치고, 노리개를 주렁주렁 단 나희가 심드렁하게 날 응시했다. 지난밤의 결심이 진심인 것처럼 냉랭한 얼굴로 깍듯이 내게 말을 높였다.

"도련님, 제발 이러지 마십시오. 누가 볼까 무섭습니다. 싫다는 여인을 자꾸 찾아와 무엇하시겠다고요. 더는 달라질

게 없습니다."

그애는 대체 언제 나와 연애질했는지 모른다는 듯 완전히 다른 사람처럼 굴었다. 나는 이게 더 무서웠다. 나희가 낯설어 어쩔 줄 몰랐다. 지난밤 내게 휩쓸려 눈물을 쏟던 그애가 그리워질 지경이었다.

"나희야, 제발. 제발……"

"싫어요. 싫다니까요."

나를 쳐다보던 그 눈이 아니었다. 제 발밑에서 애원하는 내게 정이 다 떨어졌는지 얼음 인형처럼 눈만 깜빡였다.

"저는 이제 도련님이 싫어졌습니다. 그게 전부입니다."

"왜 변심하였는지 제발 말해줘. 내가 다 고칠게."

"순진해서요. 천한 계집에 놀아나는 게 바보 같아서, 그래서 싫습니다."

"내가 천치라서 네게 놀아났겠어?"

"아무튼 싫습니다. 착해서 싫고요. 순해서 싫고요. 정이 많아 싫습니다. 어미 젖 고파하는 애처럼 눈이 슬퍼 싫어요. 마음을 다 내주어 싫고요. 사람을 잘 믿어 싫습니다."

"안 그럴게."

내가 네겐 너무 쉬워서 재미가 없었을까. 널 좋아하는 것만으로 벅차 죽겠는데 어떻게 밀어내는 척을 하라고. 나는 치맛자락에 얼굴을 파묻고 엉엉 울었다. 내가 싫다는데, 그래서 변심하였는데. 더는 할말이 없었다.

"더는 찾아오지 마셔요. 곧 우리 서방님과 백년가약을 맺을 텐데, 그러고도 도련님을 만나면 저는 경을 칠 겁니다."

"나 말고 네가 누구와 혼인을 해!"

"그런 가당찮은 꿈, 저는 이제 재미없어요."

"나희야. 왜 가당치가 않아, 왜……"

"도련님과 저는 다르다고요. 구질구질하여 이제 그만하렵니다. 얘, 순덕아. 도련님 이만 가신단다. 마당쇠 불러서 배웅해드려라."

처절하게 내쫓긴 뒤에도 또 찾아가서 빌었다.

"거짓말 마라. 우리가 어떻게, 너와 내가 어떻게 어느 날 갑자기 이렇게 끝날 수 있다고?"

"남녀란 원래 그런 것입니다."

"나희 너……"

얼마 지나지 않아 나는 소름 끼치는 사실을 깨달았다.

"별당 마당쇠와 똑같은 소릴 하는구나."

현실과 다름없는 악몽에서 내가 사경을 헤맬 때마다 종오가 날 깨워줬다. 아비처럼 다정하게 날 얼러주었다. 그깟 계집은 잊어버리면 그만이라고. 좋아서 붙어먹다가도 하루아침에 남이 되는 게 남녀 사이라고.

내 일거수일투족을 아는 마당쇠가 발단이었을까. 내가 누구 말을 제일 잘 듣는지, 과거에 응시할지, 언제 무엇을 사서 갖다 나르는지. 그 모든 게 조부의 귀에 들어갔을까. 그럼 나는 이 세상 누굴 믿어야 하나……

"너 없이 내가 살아서 무엇하냐. 나희야. 나희야, 제발."

"살아 무엇하다니요. 도련님은 다 가지셨습니다. 그러니 저 보란듯이 잘사셔야지요. 못나고 멍청한 종년 비웃으며 사셔야지요."

매달리는 나를 내려다보던 그애가 푹 한숨을 내쉬었다. 귀찮다는 듯 먼 하늘을 바라보면서 입술을 뗐다.

"도련님. 제가 언제…… 도련님께 사모한다, 그리 말한 적 있습니까?"

순간 귀가 먹먹했다. 말문이 막혀 소리가 나오지 않았다. 나는 저애가 변심했다 믿었지, 우리의 추억이 진짜가 아니었다고는 상상도 한 적이 없었다.

"도련님 돌보면 얼음물에 손 담그지 않아도 되고, 다른 종년 하듯 팔 빠져라 부엌일 돕지 않아도 되고."

나희야, 너와의 그 모든 게 가짜였다면 나도 없는 것이어야 해. 내 어린 시절부터 지금까지 너와 함께한 모든 시간이 내 전부인데, 어찌 그걸 부정해.

"가엾은 사내애 하나 돌보라는 명이 어렵지 않아 그리한 것입니다. 그게 전부예요. 저는 한번도 도련님을 사내로 생각한 적 없습니다."

부모 없이 자라, 젖 보채는 애처럼 내 마음 얻기가 쉬웠다고 했다. 깊은 물속에 잠긴 듯 숨이 가빴다. 눈 뜨고 실신한 나를 버려두고 그애가 몸을 돌렸다.

새벽 닭이 울기만을 지새우다, 나는 혼삿날 해도 뜨지 않은 이른 아침에 다시 나희를 찾았다.

"그만 찾아오시래도요. 저 맞아 죽는 꼴 보고 싶어 이러십니까?"

나희는 수척해진 내 얼굴을 보지 않았다. 매일 잔치를 연다는 이방의 집에서 그애도 나와 마찬가지로 비쩍 말라 있었다.

"오늘이 지나면 다신 나를 못 볼 것이다."

"……"

"너는…… 넌 정말 그래도 괜찮으냐?"

"괜찮지 않으면요."

땅이 꺼져라 한숨을 내쉰 그애가 마침내 날 돌아봤다. 몹시 피곤한 듯이 눈으로 힐난했다.

"도련님과 저는 달라요. 그깟 애정 놀음, 그런 사치부릴 여유가 제겐 없습니다. 괜찮든 괜찮지 않든, 저는 살 것입니다."

"나희야."

우리가 쌓은 추억도, 우리가 나누었던 애정도 모든 게 다 거짓이었다는 그애에게 나는 이제 할말이 이것뿐이었다.

"제발, 이렇게 날 버리지 마라……"

나희가 시선을 내렸다. 내가 겨우 잡은 옷자락을 가만히 바라보았다. 옛 정혼자의 지위도 박탈당한 나는 이제 저 손을 잡을 권리가 없었다. 한 팔에 안기던 어깨도, 사랑스러운 저 뺨도, 전부 내 것이 아니었다.

"제발 날 놓지 마."

애원에도 불구하고 나희는 기어코 돌아섰다. 내 손을 떨치고 걸어갔다. 경사를 알리는 꽹과리 소리가 귀를 찢을듯이 울렸다.

네 혼사가 있던 날, 나는 울면서 잠이 들었다. 그 꿈에서는 너와 내가 혼인하여 아이를 셋이나 낳았더라…… 나 거기서 영원히 살고 싶어서 깨어나기가 싫었어.

그곳이 진짜고 이 현실이 다 꿈이었으면 좋겠다. '현진아' 하고 부르는 다정한 네 목소리에 눈을 뜨면, 우리 닮은 아이를 안고 있는 네게 나 이런 개꿈을 꿨다고 투정부리고 싶다.

이 꿈에서 깨어나면, 내 소원처럼 우리가 혼인해서 너 닮고 나 닮은 아이 키우면서, 웃음소리가 피곤할 정도로 행복하게 살고 있었으면 좋겠다……

눈을 뜬 나는 홀린 듯 선녀 계곡으로 향했다. 또다른 꿈에서는 내 각시가 거기 서 있었다. 다시 태어나 거기서 영원히 날 기다리겠다고 했다.

물소리가 들리고, 까마득히 높은 계곡 바위 윗자락에 개나리처럼 노란 저고리가 보였다. 다홍색으로 곱고 고운 치맛자락이 나부꼈다. 콩나물 대가리처럼 작게만 보였으나 나는 한눈에 너란 걸 알아봤다. 내가 사준 비단옷, 내가 골랐던 꽃신을 신은 너였으니까.

나는 쏜 화살처럼 달려갔다. 있는 힘껏 너의 그 좁은 등을 끌어안았다.

나희야……

얼음처럼 차가운 물이 폐부 깊숙이 스며들었다. 숨 막혀. 추워. 아무리 자맥질해도 숨이 쉬어지지 않았다.

나희야, 네가 보고 싶다.

다시 태어나면 너는 나비가 되어라. 나는 꽃으로 태어날게. 그렇게 우리 다시 만나면 난 네게 사랑만 받으련다. 나희야, 나희야. 내 각시. 하나뿐인, 나의, 나의…… 내 전부.

천천히 의식이 잠기기 시작했다.

제4장

일장춘몽

나는 가쁜 숨을 몰아쉬면서 잠에서 깼다. 온몸이 식은땀에 젖어 있었다. 숨 막히는 감각이 지독했다. 머리끝까지 물이 찼던 느낌이 생생한데, 아직도 현실인지 분간이 되지 않아 목을 매만졌다.

"나희……"

이럴 때가 아니지. 나는 이불을 확 걷었다. 당장 우리 아들 방에 아내가 있는지 얼굴을 봐야겠다. 불안감에 떨면서도 용수철처럼 몸을 일으켰다. 침대에서 튀어나가려는 순간, 벌컥 문이 열렸다.

"현진아!"

눈이 개구리처럼 퉁퉁해진 나희가 울면서 안방에 뛰어들어왔다. 침대로 다이빙하며 로켓처럼 내게 안겼다.

"어흑, 자기야. 여보, 이거 우리 여보 맞지? 그치? 으헝……"

우리 아내는 기품이 있어서 아무리 슬퍼도 눈물 한 방울 또르륵, 그게 전부인 여잔데. 나희가 애처럼 펑펑 우는 모습은 나도 처음 봤다. 당황스럽고 놀라서 나는 어색하게 아내를 둘러 안고 등을 두드렸다.

"울지 마. 왜 울고 그래, 갑자기."

"자기야, 살아 있지? 죽은 거 아니지?"

나희는 울다가도 내가 실재하는지 확인하는 것처럼 내 뺨을 잡고 얼굴을 더듬거렸다. 거친 손길에 나는 눌린 찐빵이 되어서 입술만 빼끔거렸다.

"어, 나 살아 있어."

"씨…… 나 완전 개꿈 꿨잖아."

"무슨 개꿈?"

"아니, 그게 조선시대인데 자기가 내놓은 자식이고 내가 그 집 하녀인 거야. 별당 도련님, 이렇게 부르면서 내가."

"내놓은…… 자식은 아니지 않았을까?"

"아냐, 완전 패륜아였어. 자기 지나가면 사람들이 막 수군거리더라고. 저 도령이 곱게 생겨선 주둥이에 악귀가 들렸다면서."

뭐야, 꿈이 좀 다른데? 현진 도령은 그 정돈 아니었어.

"별명은 꽃도령인데 속에 사탄이 들렸다고 할아버지가 웬 사찰에 맡겼거든?"

"넌 뭐했어. 나 쫓겨날 동안 너는."

"난 아무 힘도 없었어. 더 들어봐, 자기야. 글쎄 안에서 새는 바가지 밖에서도 샌다고, 자기가 그 사찰에서도 쫓겨난 거야."

들을수록 가관이네.

"그래서 결국 집으로 돌아왔는데, 할아버지가 자기를 사람 만든다고 공부를 시켰어. 근데 신기하게 그건 또 잘하는 거야."

"내가 진짜 금쪽이였다고?"

"그 수준이 아니었다니까. 자기는 그냥 집에서도 사찰에서도 두 손 두 발 다 들고…… 작은어머님이 자기한테 들린 악귀를 쫓는다고 무당을 불렀다니까!"

생각해보니 웃겼는지 나희가 큭큭댔다. 아니, 그 무당은 승주 형 총각귀신 되지 말라고 부른 거 아니었어?

"아주 신이 났네. 뭐가 그렇게 웃겨."

눈은 아주 크림빵처럼 불어터져선. 나는 나희를 고쳐 안았다. 우리 애들한테 하듯이 마주본 채 엉덩이를 받치고 끌어안았다. 양쪽 눈에 쪽쪽 뽀뽀했다. 그렇게 하면 붓기가 가라앉을 것처럼.

"근데 자기가 정말 기특한 게 뭐냐면, 내 말을 듣는 거야! 다른 사람 말은 하나도 안 듣는데 내 말만 들어!"

"그게 뭐가 기특해."

지금도 마찬가진데. 당연한 거 아냐?

"엄청 귀엽고 기특하지. 집안에선 날 불러서 자길 이용하려고 협박하는데…… 나는 그런 자기가 안쓰럽고, 잘생겨서 아주 미치는 거지."

"내가 잘생겼어, 그 새끼가 잘생겼어?"

"자기가 그 새끼야."

"한 명만 골라."

"우리 남편이 훨씬 잘생겼지."

그치, 나지? 뭐 놀랍지 않다. 지금도 이나희는 내가 무리한 요구를 해도 얼굴로 밀어붙이면 결국 넘어가버린다.

"집안에서 나를 억지로 다른 데다 시집보냈거든. 근데 나중에 자기 소식을 들었는데……"

"어, 근데?"

개꿈이 얼마나 재밌었는지, 심취한 이나희는 내가 엉덩이를 만지는 것도 몰랐다. 아내의 머리카락에서 올라오는 샴푸 냄새에 눈앞이 아찔해졌다. 나와 같은 향기라는 사실이 더 흥분된다. 나는 가녀린 몸을 추켜올리고 무릎을 세웠다.

"우리 둘이 자주 놀러가던 계곡이 있는데, 자기가…… 자기가 그 한겨울에……"

"어, 계속 말해."

손을 뒤로 뻗어 슬쩍 누웠다. 자연스럽게 자세를 잡자 가운데 녀석이 아주 미치겠다고 성화였다.

너만 미치겠냐. 나도 미치겠다. 얇은 천에 손이 닿자 마음이 더 급해졌다.

"계곡물에…… 몸을 던졌다고……"

순간 나희가 갑자기 내 가슴에 고갤 파묻으며 울음을 터뜨렸다. 나에겐 천둥 번개처럼 들리는 소리였다.

아, 죽었다. 별안간 떨어진 날벼락에 내 셋째 다리가 화들짝 놀라 고개를 떨궜다. 이 버릇은 우리의 결혼 전부터 지금까지 이어져왔다. 나는 나희의 눈물만 보면 힘이 풀려버린다. 다시 세우는 건 일도 아니지만 문제는 분위기였다. 이나희 눈이 저렇게 젖어 있는데 내가 뭐 짐승도 아니고 그러고 싶겠냐고.

"그래서. 나 죽어서 그렇게 슬펐어?"

"죽었…… 그런 말도 하지 마! 상상하기도 싫어. 심장 찢어질 것 같아……"

고맙다, 현진 도령. 네 덕분에 현실의 이나희가 내게 매달려 목을 맨다. 꿈속의 내가 죽어서 다행이라고 생각하면 못된 건가. 실은 아까 꿈속의 도련님이 잘생겼다고 아내가 눈을 빛내는데 굉장히 고까웠다.

현실의 내가 눈앞에 있는데 누굴 떠올려. 네 눈에 나 말고 다른 새끼가 잘생기면 내가 열이 받겠어, 안 받겠어. 이나희.

"자기 아무 데도 가면 안 돼, 알았지?"

"아까 화난 건. 다 풀렸어?"

진작 다 풀린 건 안다. 여보, 자기 하면서 안겨드는 걸 보면 모를까. 하지만 나는 확인받고 싶었다. 치사하지만 부부 사이가 그렇다. 누가 잘하고 못했는지 따져서 계산을 확실히 해야 했다.

"음…… 자기 이제 거기 안 갈 거지?"

"내가 미쳤다고 그런 델 또 가냐?"

애초에 한남동 간 것도 너 때문이에요. 거기서 회식을 한 것도 너고, 거기서 제일 예쁜 여자도 너였어. 할말이 많아서 벌떡 일어났다.

"억울해 죽겠네. 안 가. 절대 안 가. 십억을 줘봐라, 내가 거길 또 가나."

"십억이 뭐야. 자기 움직이려면 백억은 줘야지."

"됐다고요. 안 간다고요. 씨발, 내가 거길 또 가면 진짜."

"자기 지금 욕했어?"

미치겠다. 이걸 또 잡네.

"아까도 욕했지?"

"아니요. 저 욕 안 했는데요."

했잖아, 그러면서 웃었다. 딴청부리는 게 어이없다고. 울던 아내를 더 웃겨주려고 나는 애교를 부렸다.

"심바 보고 싶다고. 아, 심바."

우리 애들 뉴욕에 가기 전에 다 같이 〈라이온 킹〉 뮤지컬을 봤었다. 임기응변 미쳤다.

"심바? 우리 강아지들?"

"어."

아직 야심한 밤중이었다. 이나희 눈물도 다 가셨다. 애들도 없겠다, 아주 좋아. 나는 은근한 목소리로 나희를 불렀다.

"자기야, 우리……"

"우리 여보 괘씸한 점 하나. 꼭 분위기 잡을 때만 자기라고 부른다."

"아, 좀 봐줘…… 응? 나희야."

피식 웃은 나는 이불 안으로 손을 넣었다. 갑작스러운 손길에 작은 몸이 움찔했다. 가는 허리를 낚아채고 더 농밀하게 손을 움직였다.

"괘씸한데 왜 이래."

"아…… 장난치지 말고."

아내가 내 목을 끌어안았다. 신호였다. 은근한 몸짓에 나도 달아올랐다. 단번에 상체를 일으킨 나는 나희와 자리를 바꿨다. 위로 올라타선 그대로 미끄러지듯 아내에게 안기려던 그때였다. 찬물 끼얹듯 초인종이 울렸다. 빌어먹을 엘리제를 위하여……

우리는 그대로 정지했다. 이 새벽에 누가 남의 집 벨을 누르고 지랄이야.

"자기야, 어떡해. 애들 벌써 왔나봐."

불청객의 정체를 먼저 알아차린 나희가 급하게 옷을 껴입었다. 허무했다. 현우가 재밌다고 보여준 짧은 영상이 떠올랐다. 너구리가 솜사탕을 물에 씻어내다가 영영 사라진 솜사탕을 찾느라 난리가 난 영상이었다. 그게 딱 지금의 내 꼴이다.

"권현진. 뭐해? 빨리 옷 입어."

정신 차리라고 나희가 내 팔뚝을 찰싹 때렸다. 잔뜩 짜증난 나는 머리를 흐트러뜨렸다. 이마를 감쌌던 손으로 마른세수를 연발했다.

"아니 걔네 왜 벌써 와?"

"어제부터 아빠 보고 싶다고 울고불고 난리였대. 이나 유나가."

"하, 씨……"

별수없이 나는 거칠게 홈웨어를 꿰어 입었다. 그러다 옷 찢어진다고 나희가 눈을 흘겼다.

"아빠아!"

현관에서부터 익숙한 울음소리가 들렸다. 언제 짜증을 냈는지도 모르게 나는 반사적으로 튀어나갔다.

“이나야, 유나야!”

우리 쌍둥이를 양쪽에 하나씩 안고, 지친 표정의 어머니를 맞이했다.

“고생 많으셨어요, 어머니. 현우는요?”

“아유, 이 새벽에도 애들 본다고 아주 쌩쌩하네. 하여튼 권 서방은 자식 바라기야.”

어머니, 저는 애들이 아니라 이나희 해바라기예요. 얼굴을 보세요, 얘네 이나희랑 붕어빵이잖아요.

“아빠, 롱타임 노씨……”

공룡 모자를 쓴 내 아들이 졸린 듯 감긴 눈으로 손을 흔들었다. 서둘러 현우를 재우고 아직도 팔팔한 이나와 유나를 안았다. 언제 그렇게 졸았냐는 듯 나는 잠이 홀딱 달아났다. 팔에 안긴 작고 따듯한 우리 쌍둥이의 무게감에 비로소 현실인 게 실감났다.

“아빠, 유나핑 매니큐어 까졌어. 다시 발라줘.”

“아빠, 내 머리핀 어디 있어?”

“아빠, 유나핑 먼저야. 매니큐어.”

“아빠, 이나핑은 아까부터 말했어. 머리 묶어줘.”

“이나 유나, 아빠핑 숨 좀 쉬자.”

아빠핑은 없다고 애들이 키득키득 발을 굴렀다. 이나핑, 유나핑, 지들은 다 있으면서 아빠핑은 왜 없어.

결국 애들 머리핀 박스를 갖고 왔다. 소파에 앉고 쌍둥이는 무릎에 하나씩 앉혔다. 산발인 이나부터 머리를 묶고, 앞머리는 대충 잡히는 핀을 꽂아서 넘겼다.

"아빠, 나 머리핀 이거 말고."

"이거 해. 이거 예뻐."

"싫어, 이거 말고."

쌍둥이는 내가 못 이긴다. 누굴 닮아서 쇠고집이다. 나는 기껏 꽂은 당근 핀을 빼고, 이나가 쥐고 있던 머리핀을 받았다.

어린이 영화의 요정 공주가 연상되는 파란색 왕나비 머리핀이었다. 이나, 유나는 취향을 선택할 수 있게 된 순간부터 지금까지 쭉 공주미를 추구했다.

"이나야, 이거 촌스러워."

"그거 엄마가 사준 건데."

"촌스러운 게 제일 이뻐. 두 개 꽂을까?"

원하는 위치에 핀을 꽂아주고서야 첫째 공주님이 만족하셨다. 둘째 공주님은 내가 아무 핀이나 꽂는 만행을 저지를

까봐 미리 원하는 핀을 들고 계셨다.

"아빠, 난 이거."

샛노란 꽃 머리핀이었다. 정말 저게 최선인가. 나는 당근 머리핀을 내밀었다.

"아빠는 이게 더 귀여운 것 같은데……"

"아빠 그거 해. 유나는 이거 할래."

유나가 휙 몸을 돌렸다. 협상의 여지가 없단 뜻이었다. 작디작은 뒷모습에 피식 웃음이 새어나왔다. 저 조그만 게 어찌나 고집쟁이인지.

"다 됐다."

그러자 이나와 유나가 서로를 쳐다보면서 각자의 머리핀을 품평했다. 노란색이 안 어울린다는 둥 왕나비의 날개가 너무 크다는 둥. 똑같이 생긴 애들이 저럴 때마다 참 웃긴다. 내 입장에선 둘이 놀 때가 제일 마음 편하지만, 품평회는 별로 달갑지 않았다. 화살이 결국은 나에게로 돌아오기 때문이다.

"아빠!"

"이나가 예뻐, 유나가 예뻐?"

쌍둥이가 동시에 날 돌아보면서 물었다. 머리에 왕나비를 없은 이나와 짝퉁 해바라기를 없은 유나였다.

순간, 익숙한 봄바람의 향기가 한바탕 나를 스치고 지나갔다. 꽃이 만발했던 어느 봄의 언덕. 너는 나비가 되고 나는 꽃이 되어 우리 꼭 다시 만나자는 그 약속…… 아찔한 춘몽을 꾸었구나.

"아빠, 응?"

잠시 말이 없자 성격 급한 쌍둥이가 나를 다시 현실로 소환했다.

"유나가 이뻐, 이나가 이뻐?"

나는 잠에서 깨어나듯 정신을 차렸다. 밤톨 같은 쌍둥이가 내 대답만을 기다리고 있었다.

"음, 아빠는……"

어서 말해, 아빠. 어서. 숨죽인 쌍둥이가 힘차게 고개를 끄덕거렸다.

"아빠는 엄마가 제일 예뻐."

동시에 표정이 굳은 쌍둥이가 내 무릎에서 폴짝 뛰어내렸다.

"유나야, 우리 방에서 놀자."

"응!"

속닥거리던 쌍둥이는 사이좋게 손잡고 자기들 방으로 갔다. 조용한 게 또 내 흉을 보는 게 틀림없었다.

"어머니, 뉴욕에서 이나, 유나 남자친구 또 안 만들었죠?"

"왜, 딸들 뺏길까봐 벌써 걱정이 돼?"

어머니가 나희와 눈을 맞추곤 깔깔 웃었다. 그런 걱정이 아닙니다, 어머니.

"아니, 제가 어디서 저희 쌍둥이 미래를 보고 온 것 같아서요. 무섭기도 하고……"

"권 서방. 무당 따라다니지 말아."

시차 적응이 안 된다며 어머니가 주방으로 가셨다. 가만 앉아 있으라는 어머니 때문에 나는 부엌을 기웃대기만 했다.

"어머니 안 피곤하신가."

"퍼스트 타는데 뭐가 피곤해. 그냥 냅둬. 권 서방이 제일 좋아하는 만둣국 끓여주신다잖아. 저게 우리 엄마 낙이야."

나희의 말대로였다. 냉장고 여닫는 소리, 도마에 칼질하는 소리가 화려하게 울려퍼졌다. 졸린다던 현우의 방에선 우렁찬 공룡 울음소리가 들려왔다. 언제 삐쳤냐는 듯 쌍둥이도 우다다 튀어나왔다.

"아빠! 뉴욕 기념품!"

"우리 스노볼 샀어!"

나 보라고 이나가 손을 높이 쳐들었다. 영롱한 유리 볼 안에 뉴욕 시티가 있었다. 이나가 손을 뒤집자 도시에 눈이 내렸다.

"예쁘네."

예쁘고 덧없다. 원형 유리 안에 박제된 세상에는 별 감흥 없었다. 영원히 아름다울진 몰라도, 실제가 아니므로. 그래서 나는 이제 모든 계절이 소중하다. 방심하면 지나가버리니까. 우리 애들이 시끄럽게 굴 여름도, 다 같이 썰매장에 갈 겨울도 몇 번 남지 않았다. 귀한 시간이다.

스노볼에 시선을 뺏긴 그때, 공룡 마그넷을 든 현우가 방에서 걸어나왔다.

"아빠!"

우리 아들의 공룡 사랑은 나이가 들어도 가실 줄 모른다. 끈질긴 순정은 우리집 삼 남매의 공통 특징이었다. 누가 내 자식이 아니랄까봐 이런 것까지 닮았다.

"이거 무슨 공룡이게!"

"현우야, 졸립다며……"

"아빠, 빨리 맞춰봐! 무슨 공룡일까요?"

마그넷을 들고 제법 공룡 흉내까지 냈다. 노력은 가상한데, 미안하지만 그래도 아빤 몰라. 옆에서 나희가 번쩍 손을 들었다.

"트리케라톱스?"

"엄마 땡! 모노클로니우스지롱!"

"아아, 맞다. 모노클로니우스! 아깝다. 거의 맞췄는데."

천연덕스러운 나희의 대꾸에 어이가 없었다. 거의 맞추기는 무슨.

"재도 넓적하게 생겼는데 둘이 달라?"

"엄마, 내가 자세히 설명해줄게. 둘 다 초식공룡이긴 한데요."

현우가 친절하게도 트리케라톱스와 모노클로니우스의 차이점을 알려주었다.

조용했던 집안이 순식간에 시끄러워졌다.

이제야 우리집답다.

"자기야, 그래도 애들 오니까 좋지?"

"어. 좋아."

결혼 전, 극도로 예민했던 나는 작은 소음도 참지 못했다. 그런데 아이러니하게도 나는 이 혼돈과 무질서 속에서 평온을 얻는다. 여기서 내가 살아 있음을 느낀다. 오직 이 안에서만.

이제는 이 일상이 내 인생의 전부다.

복작복작한 이곳이, 우리의 천국이다.

(『시절연애: 외전』 끝)

시절연애: 외전 3

초판 발행 2025년 10월 10일

지은이 마셰리

책임편집 한나래 | **편집** 김유진 박슬진 | **외주교정** 유혜림
표지디자인 이현정 | **본문디자인** 최미영
저작권 박지영 형소진 주은수 오서영 조경은
마케팅 정민호 서지화 한민아 이민경 왕지경 정유진 정경주 김혜원 김예진 이서진
브랜딩 함유지 박민재 이송이 박다솔 조다현 김하연 이준희
제작 강신은 김동욱 이순호 | **제작처** 영신사

펴낸곳 (주)문학동네 | **펴낸이** 김소영
출판등록 1993년 10월 22일 제2003-000045호

주소 10881 경기도 파주시 회동길 210
대표전화 031-955-8888 | **팩스** 031-955-8855 | **전자우편** elixir@munhak.com
인스타그램 @elixir_mystery | **X(트위터)** @elixir_mystery

ISBN 979-11-416-1277-1 04810
979-11-416-1271-9 (세트)

엘릭시르는 출판그룹 문학동네의 장르문학 브랜드입니다.

잘못된 책은 구입하신 서점에서 교환해드립니다.
기타 교환 문의 031)955-2661, 3580